長編超伝奇小説
魔界都市ブルース

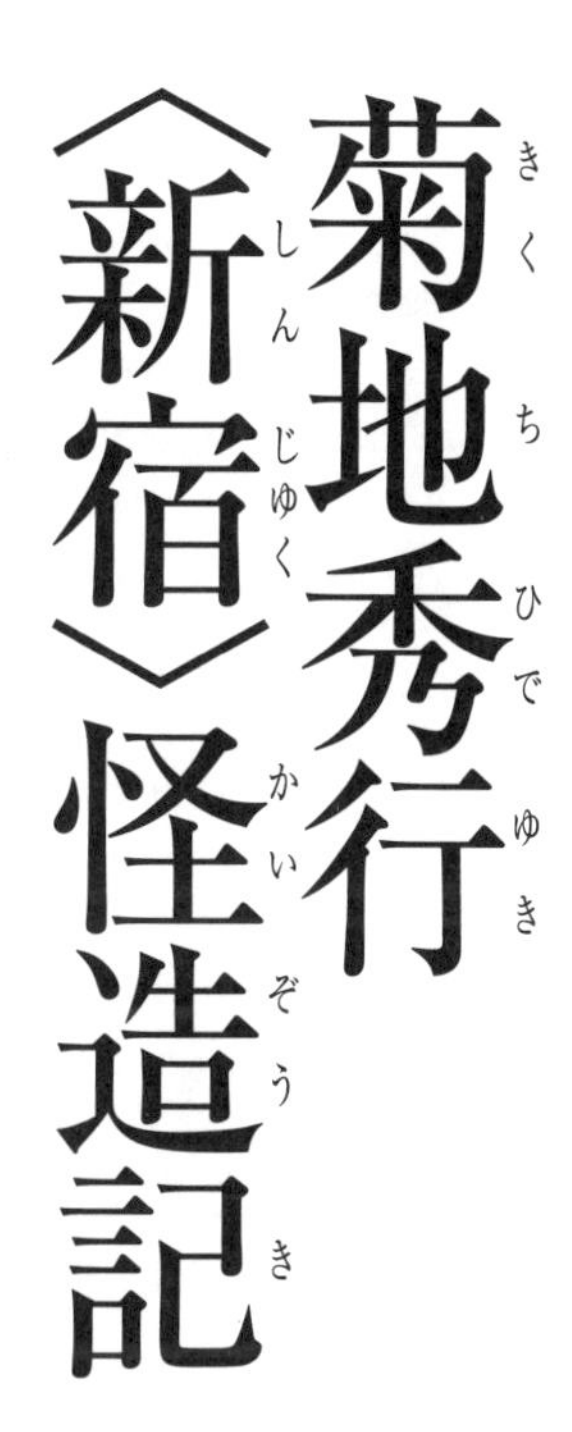

祥伝社

contents

カバー＆本文イラスト／末弥　純
装幀／かとう みつひこ

二十世紀末九月十三日金曜日、午前三時ちょうど――。マグニチュード八・五を超す直下型の巨大地震が新宿区を襲った。死者の数、四万五〇〇〇。街は瓦礫と化し、新宿は壊滅。そして、区の外縁には幅二〇〇メートル、深さ五十数キロに達する奇怪な〈亀裂〉が生じた。新宿区以外には微震さえ感じさせなかったこの地震は、後に〈魔震〉と名付けられる。

以後、〈亀裂〉によって〈区外〉と隔絶された〈新宿〉は急速な復興を遂げるが、その街を産み出したものが〈魔震〉ならば、産み落とされた〈新宿〉はかつての新宿であるはずがなかった。早稲田、西新宿、四谷、その三カ所だけに設けられたゲートからしか出入りが許されぬ悪鬼妖物がひしめく魔境――人は、それを〈魔界都市“新宿”〉と呼ぶ。

そして、この街は、哀しみを背負って訪れる者たちと、彼らを捜し求める人々との物語を紡ぎつづけていく。あらゆるものを切断する不可視の糸を手に、魔性の闇を行く美しき人捜し屋――秋せつらを語り手に。

第一章　ＢＡＲの片隅で

1

〈区長室〉へかかるはずの電話は、〈区民課〉にかかった。つまり、何もかも最初から間違っていたのである。

受けた課員が所属部署を告げると、とまどった男の声が、

「あ、〈区長室〉へお願いします」

課員はひと月前に新規採用になったばかりだった。次の手が打てず、受話器を見つめていると、

「どうした？」

通りかかった課長の浅井義弘が声をかけて来た。

「いえ、〈区長室〉へつないでくれと言うんですが、そうしていいもんかと」

「誰だか訊いたのか？」

「あ」

課員は受話器を口元へ上げた。

「どちら様でしょう？」

「一〈区民〉です。ちょっと面白い情報があるんですが」

「面白い情報？　〈区長〉にですか？」

「そうです。直接お話ししたいんで」

「それはちょっと」

ここで、課員はこの件に別れを告げることになった。

受話器を取り上げられたのである。

「おれが聞く」

と浅井は横柄に言った。

——このタカリ野郎が

胸の中でこう罵りながら課員は去った。

「お電話替わりました。課長の浅井と申します。〈区長〉にご用事だそうで」

別人のような媚びた声にも、課員は無反応である。慣れきってしまったのだ。

「〈区長〉を出してくれ。他には話さない」

若い声が言った。

「規則でそれはできないんです。一応人を通さないと。必ず取り次ぎますから、用件をお話しください」

「駄目だ」

「他のところへかけても同じですよ。話も聞いてくれません。〈区民課〉にかけて正解です」

電話は切れた。

この野郎――と他には聞こえないように毒づいて、浅井は席へ戻った。何となく落ち着かなかった。

隣の「相談窓口」の電話が鳴り、少し遅れて、〈区長〉に？　どなたですか？　と聞こえた。

いえ、おつなぎはできません。ガチャン。

それから一〇分ほどして、別の課員が取った。浅井は気に留めなかった。電話は日に一〇〇〇本以上かかって来るのだ。

「え？　さっきの課長ですか？」

浅井は、おれが出る、と声をかけて、自分の子機へ外線の3をつないだ。

「やっぱり駄目だ。あんたなら、〈区長〉へつないでくれるんだな？」

「一応、お話の後で」

唇の端が笑いの形に吊り上がっている。みなが知っている卑しい笑いだった。

「わかった。けど、何もかもってわけにはいかないぜ」

「それはもう。大要が理解できれば充分です」

相手の声は急に低まった。

「〈新宿〉開発計画って知ってるかい？」

普通なら、笑いとばすところだ。〈新宿〉を再開発して全く別の都市を建設する。〈魔震〉の翌日には国会で決議された案件だ。それ以降、数知れずの廃案、再決議を経て、成功した例しがない。

浅井は笑わなかった。

「存じませんな。少しで結構です。具体的なことを教えてください」

「〈区役所〉の大粛清だ。今の職員を丸ごと別人に変える」

「別人に？」

「これ以上は言えない」

「待ってください。もうひとつ――この開発計画は、誰の立案なのですか？」

　相手はためらった。

　切られるか、と浅井は緊張した。

「――政府と三星グループだ」

　それなら、と浅井は胸中で呻いた。

　それならできる。政府とこの国最大の産業共同体が手を組めば、〈魔界都市〉も、ただの新宿に変えられるかもしれない。

「わかりました。確かに〈区長〉にお取り次ぎいたしましょう。ですが、〈区長〉は目下、海外へ視察旅行に出かけておるのです」

　いつの間にか、浅井はトイレにいた。梶原は今も〈区長室〉に収まっている。手の子機から、

「なら、帰国してからだ」

「失礼ですが、私の権限で情報料を提供できますよ」

　驚きと沈黙が伝わって来た。それはたちまち歓喜に変わった。

「本当に？」

「勿論です」

「幾らだ？」

「そうですね、とりあえず一〇〇万でいかがです？　私の想定ですが、お持ちの情報は、この一〇〇万倍もの価値がある。〈区長〉の帰国次第、全額を払えるよう尽力いたしましょう」

「それしかないなら、仕様がない。帰国はいつ？」

「あと一週間ですな」

「ひゃく――情報料はいつ貰える？」

「明日でいかがでしょう？　一応、手続きがありますので」

「わかった。指定の場所へ置いていけ」

「それでも構いませんが、一度お目にかかれませんか？　正直、あなたの仰ることが真実かどうか、私も一〇〇パーセントの確信はありませんのです」

少し間を置いて、

「場所は……、〈歌舞伎町〉のユーコン・ビルの七階にラウンジがある。時刻は午後二時だ」

「確かに。では一〇〇万円をお持ち致します。開発案の一部をコピーしてお持ちください。一部で結構です。必要に応じてコピーさせていただきます」

「わかった。じゃあ、明日の二時に」

子機を切ってから、浅井はトイレの壁にもたれかかった。ひどく長い——一〇〇年も話していたような気がした。

実際、激しく喘ぐ心臓をなだめ、新たなナンバーをプッシュしたのは、二分の後だった。

〈歌舞伎町〉には二〇〇〇軒を超す飲食店やバー、クラブがあるが、〈魔界都市〉の名に恥じぬ暴力バーやぼったくり店は、うち八割を占める。無知な観光客——今も時々いる——が、ポッキリ二〇〇〇円の看板を信じて、身ぐるみ剝がされるという、〈区外〉では前時代的な違法行為が平然と行なわれている無法の街が〈歌舞伎町〉なのだ。

〈歌舞伎町二丁目〉に、しょぼくれたネオン看板を点滅させている、とあるバーもその一味であった。

随分と前からその存在と営業内容に気づいた観光客は滅多に訪れず、当然、常連などいない。ママと三人のホステスとバーテンの生命をつないでいるのは、時折り転がり込んでくる不幸な酔っぱらいだけであった。

その日は夕暮れどきから雨になり、経費節減で照明を半分に落とした辛気臭い店内は、いっそう貧乏臭さを増して、ついにママが、

「今日はここまでね」

と閉店を宣言した午後一一時過ぎ、待望の獲物

が、泥酔者の姿でドアを開けたのであった。

　たちまちホステスたちが両腕を取って、一番逃げづらい奥の席に坐らせ、

「ご注文は？　シーバス瓶ごととオードね。あたしたちも頂いていいかしら？　ああ嬉しい」

　客の返事など勿論聞かず、へべれけの客もそんなことは気にせず、気がつかず、それでもなみなみと注がれた酒を、生のままでずるずる飲りはじめた。

「あーら、お強いのね、こちら」

　と金髪の日本人ホステスがマスクメロンを頬張り、

「いいことでもあったのかしら？」

　と痩せたほうが生ハムを口にする。ママが、

「あたしもいいかしら？」

　と返事など無視の質問をしながら席に加わったとき、

「いいこと？　あったよ」

　と客が酒臭い言葉を吐いた。

　薄暗い照明の下でも、二〇代半ばの、なかなかのハンサムであった。痩せたホステスが、へえという表情で、眺めたくらいである。

「あーら、何かしら？」

　ママが、手摑みで太いフランクフルトを口にして、噛まずに頬をすぼめた。ホステスたちが、やだあとのけぞって笑い出した。

「でもな、いいことがあっても、おれはもうおしまいなんだ」

　と来た。

　その口調が、あまりにも内容に合った自暴自棄な代物だったため、海千山千のぼったくり現場に、大平原で不意に風が熄んだがごとき沈黙が落ちたほどであった。

「そんなこと言わないでよ、お客さん。まだ若いじゃないの」

　ママの慰めが半分本気だったのも、そのせいかもしれない。

「おしまいと年齢は関係ないね」

客は軽い口調で重々しく真実を告げた。

「おれはここを一歩出た途端、見張ってる殺し屋に狙撃されちまう。逃げるところもない。おしまいって、これさ」

「やだ。殺し屋ぁ？」

金髪ホステスが、紙ナプキンで指を拭きながら、大仰に身震いしてみせた。

「逃げるところもないって、お客さん、何やったの？」

これは痩せたほうである。

「聞いたら、君たちも殺されるぞぉ」

おどけた物言いが、却って客の陥った運命を想像させ、みな口をつぐんだ。

幸いすぐに客が続けた。弱いのが無理しているらしく、眼はうるみ、声は虚ろだった。

「おれは何やっても駄目なんだ。みんな中途半端で終わっちまう。今度だって、上手くいくだろうで手をつけちまったんだ。相手がデカすぎても、自分がその中にいたら、その凄さや怖さが見えなくなっちまうんだな。結局やっちまった。ああ、帰りてえなぁ」

「何処へ？」

金髪が気味悪そうに訊いた。

「実家？　故郷？」

「そんなもの、とっくにないね。『第二次東日本大震災』のとき、家族も家も流されちまったよ。おれは妹と高台に逃げたけど、あと一歩ってとこで波が追いついた。おれは妹を抱いて走ってたんだが、気がつくといなかった。長いこと、最初からいなかった、抱いてなんかいなかったと思ってた。だが、そうはいかないと自分でもわかってたんだ。おれはきっと、妹を――」

「捨てちゃったんだ」

と金髪が、自分では知らずにとどめを刺した。

「タミちゃん」

ママがたしなめ、ようやく気がついた金髪は、肩をすくめて舌を出した。

「違う話をしようよぉ」

と痩せたほうが口をはさんだ。

「お客さん——故郷に彼女いないの？」

「いないよ」

にべもない。続いて、

「いたけどな」

ママがマスカラとアイシャドーで出来た眼で宙を仰ぎ、

「あら、亡くなったの？」

「わからない。高校を卒業するときまでは無事だった」

「どんな娘よ？」

ママが促し、金髪も痩せたのも、うなずいた。

あんたの話聞いても仕様がないけど、じきつぶれちまうから、それまでね、と一発でわかる、気のない質問だった。

「そうだなあ」

男も気がなさそうに言った。

「ミチルって名前だった。カタカナでミチル。髪の毛が腰まであってなあ」

一時間後、男は財布とカードと腕時計を奪われて一〇〇メートルばかり離れたゴミ捨て場に放り出された。携帯は無事だった。

それから三〇分足らずで、タクシーが〈余丁町〉の小さなマンションに着いた。運転手が酔っぱらい用の覚醒ガスを吹きつけて起こすと、男は幾らだと訊いた。もう頂いてますよと運転手は答え、男が降りるのを確かめてから、さっさと車をスタートさせた。

2

眼を醒ますと、携帯に二件の着信記録が残っていた。留守電が一件。

本日の午後二時、〈区長〉がお目にかかりたいと申しております。ただ、かなり重要な問題を含んでいると思われるので、〈区役所〉よりも安全が確保できる場所でお会いしたい。〈大京町〉の自宅までご足労願います。ユーコンビルでの件は、キャンセル願います。

と残されていた。

「食いついてきたぞ、深雪」

真城太一は、キッチンでコーヒーを淹れている女に声をかけた。

「本当に？　大丈夫なの？」

ガラス戸を開けて、エプロン姿の深雪が現われた。一七〇センチの太一より背が高い。一〇年以上前の学生時代には、モデルのバイト代で派手に遊んでいたという。スリムとは言えないが、昔の栄光を嘘だと言わせぬだけのプロポーションを、真っ赤なセーターに包んでいる。ヒップのラインから下――腿から爪先までは生脚だ。

「ああ。あれ見れば、凄い情報だと一発だ。幾らでも吹っかけられるぞ」

深雪は、またか、という表情になった。

「そう。上手くやってね。それと――財布どうしたの？」

「財布？」

眠そうな眼を細め――急に見開いて、太一はベッドの上を見廻した。

胸と腰と尻を叩いた。

「いかん。落としたんだ。交番へ行ってくる。届けられてるかもしれない」

本気の返事に、深雪は溜息をついた。

「落とした？　交番へ行く？　届けられてる？――いつまで〈区外〉にいるつもりなのよ？　今どき〈区外〉だって、交番へ届けてくれる人なんかいないわよ。ぼったくりバーで抜かれたのに決まってるじゃないの」

　太一は顔をしかめて、こめかみを揉んだ。

「そうか、昨夜、飲んだんだ？　でも、何処で？　全然覚えてないぞ」

「………」

「やっべー。どうしよう」

がっくりと上体を屈めるのを、深雪は黙って見つめた。

「待てよ」

　と顔を上げた。

「財布もないのに、どうやって戻って来られたんだ？　歩いてじゃないよな？」

「タクシーよ」

「タクシー代は——おまえ払ったのか？」

　深雪は首をふった。

「え？　誰が金くれたんだ？」

「只で乗せてくれたんじゃないの」

「おい、こか〈魔界都市〉だぞ。そんな奇蹟みたいなことが起きるかよ」

　深雪は面倒臭そうに、

「じゃあ、ポケットに残ってたんじゃないの。あんたが払ったのよ」

「そうかなあ」

　太一は手にした携帯を見下ろした。

「おい、やっぱりおかしいよ。財布盗られて携帯は無事って。おれなら、どっち選ぶと言われたら、こっちだよ。金より情報だろ。後でゆすりにも使えるし——やっぱり落としたんだよ」

「そうかもね」

　気のない返事をした深雪は、キッチンへ戻った。湯気の立つカップを運んで来た。

　顔を見ないように、啜っていると、

「現金は大して入ってないからいいけど、カードは危いわよ。足がつくかもしれない」

「おれもそう思う」

「本当に覚えてないの？　店の名前とか場所とか、正面はどんなふうだったか？　落としたとしたら、どの辺なのか？」

「覚えてないよ、そんなの」

そんなのって、と深雪はつぶやいた。

「とにかく、少しキャッシュを出してくれよ。〈区長〉と会ってくる」

〈区長〉——以下は、自慢たっぷりな物言いであった。〈区長〉は偉(えら)い——それに面会できる自分も、という論法だろう。

深雪は、はいはいと小さく応じて、キッチンへ入り、ショルダー・バッグから財布を取り出した。


太一が出て行ったのは、昼食を済ませた午後一時であった。

ドアが閉じてから、深雪はキッチンの椅子(いす)に腰を下ろした。

「間違えたかなあ——こんなところまで流れて来て。〈新宿〉よ。世界の何処にだって大邸宅が建てられるネタ持ってるって？　宝の持ち腐(ぐさ)れで終わるんじゃないかなあ」

自分の分のコーヒーをひと口飲んで、寝室へ入った。

ダブル・ベッドの上にパソコンが載(の)っている。起動させようとしたら、プロテクトがかかっていた。

「なーんだ、ケチ」

何という気もなく、ＫＥＣＨＩと打ってみた。途端に画面が開いた。パスワードだったらしい。

深雪はまた溜息をついた。

「やっぱり、ツイてないわよね、あの人」

と言って、キイボードに手を伸ばしたとき、チャイムが鳴った。

出てみたら、保険の勧誘であった。


時間に少し遅れた。

指定された住所には豪邸がひっそりと建ってい

た。昼前は人の動きが少ないのか、通行人のひとりも見えない。

　チャイムを鳴らすと、鉄門がスライドして、玄関まで通した。

　ドアの鍵はかかっていなかった。

「ごめんください」

　内部へ入った途端に後頭部へ一発食らった。世界が廻る。その間に両腕を取られて廊下から居間へと運ばれた。紫の絨毯と、似たような家具が並んでいた。みな高価そうだ。

　床へ放り出されると、頭上で、

「データは何処だ？」

と男の声が訊いた。ドスは利いているが、若い。

　黙っていると、脇腹を蹴られた。人間とは思えない呻きが歯を割った。

　やめてくれと言うつもりだったが、舌が動かなかった。もう一発。今度は視界が白く染まった。

「殺しちまうぞ、ホセ」

　別の声が止めた。相棒より老けている。暴力にふけっているのは、外国人らしかった。

「自白剤はある。それで一発だ」

「勿体ねえ」

　ようやく、殴りつけている男に、外国訛りがあることに気づいた。

「殴りゃ済む。おれはいつもこうやってきたんだ」

　もうひとりが、ちっと吐き捨てた。

「勝手にしろ——口を割るまでは殺すなよ」

　行きつくところは同じかと思った。

　いきなり、銃声がした——と思う。

　蹴っていた男が、短く呻いて吹っとんだ。壁にぶつかって崩れ落ちる前に、もうひとりも悲鳴を上げた。

　二人の倒れる音で、救われたと思った。

　ドアが開いて、誰かが入って来た。少し間を置いてから、早足で太一のところへ来た。

「少し遅れた。大丈夫か？」

前の二人よりは、知性を感じさせる声だった。

「何とか」

声が出た。

腕を摑まれ、ソファに坐らせられた。

「おれを見ろ」

と救い主が言った。

サングラスをかけた四〇年配の男だった。髯の剃り跡が目立つ。ごつくて男らしい顔立ちだ。眼だけが怖かった。敵対したら殺される。幸い、今は味方だ。

「あんたは――誰?」

「おたく専用のボディガードだ。これから一週間、どんな死神からも守ってやるよ」

「一週間?」

「契約でな」

「誰と?」

「内緒だ。とにかく一週間は大船に乗ったつもりでいろ。おれは――Bマンだ」

「真城太一です。こいつらは?」

死体を見た。いかにも中南米系の革ジャン姿と地味な背広にネクタイの中年男が血まみれだった。どちらも頭を射ち抜かれている。血の中に脳の一部が見え、真城は吐きそうになった。しかし、あっさり死んじまうものだ。

Bマンが返した。

「おれよりおたくのほうが詳しいだろう。断わっておくが、おれはボディガードだ。おたくを守る以外に興味はない。知りたいことは、別の人間に訊け」

太一は奇妙なことに気がついた。

ここは何処だ? あの立派な居間が、家具どころか壁紙も絨毯もない剝き出しのコンクリートになっている。

窓にこそカーテンがかかっているが、それも触れるだけでバラバラになりそうな代物だ。いつの間にか廃屋だった。

「〈新宿〉は初めてか?」

Bマンが訊いた。

「ああ。半月になる」

「この家は五年も前から空家だ。〝イラスト・ライト〟で化粧させたんだ。〈区外〉でもやるだろ。モデルの身体に最新ファッションを映したり、年寄りを若く見せているギミックだ」

「〈区長〉の家だとばかり」

「そう思わせた奴が、今日の図面を引いたんだ。知り合いなら、何か手を打つことだな」

急に痛みが増して、太一は後頭部を押さえて呻いた。

膝の上に銀色のチューブを載せられた。

「痛み止めだ。サービスだよ」

「どーも」

赤い粘塊を指に取って傷口に塗り込んだ。

「へえ」

と唸るほどあっさり痛みは引いた。

床上の死体に眼が行った。さっきまで自分を好き放題に嬲っていた狂犬が、今や痛み止めでは手に負えないものと化している。呆気ない——これだけが感想であった。

二人は廃屋を出た。曲がり角に乗用車が駐まっている。Bマンのものだった。

「何処へ行きたい?」

「とりあえず家へ」

車の中で、

「二人とも一発で仕留めたわけ?」

と訊いてみた。

「ああ」

「ドア越しなのに凄いと思った」

「〝妖術射撃〟ってやつだ」

「妖術射撃?」

「おれには、ドアを通して部屋の中が見えたのさ」

「へえ。透視能力?」

「NOだ。狙わず射っても当たる。おたくが依頼するなら、ここから射って、〈区内〉の誰でもぶち抜いてみせるぜ」

「そんなことが……」

「できるさ。この街なら、な」

　太一は頭を抱えたくなった。

「なんて街なんだ、ここは……」

「〈魔界都市〝新宿〟〉だ」

〈余丁町〉のアパートに着くと、

「ここも早めに引き払ったほうがいい。〝廃墟屋〟へ相談しろ」

　と車へ戻った。

「そばにいてくれないのか？」

　慌てる太一へ、

「おれが守るなら、何処でも同じだ。わかるだろ」

　太一が納得する前に走り去った。


　安っぽいドアの前で、真城英児は首を傾げざるを得なかった。

〈新宿〉一の人捜し屋と聞いたが、オフィスはせんべい屋の店舗と同じ敷地の中だし、どうやら住まいの一部のようだ。

　人違いではないか。疑念が胸中で黒い翼を広げた。

　それでもフード付きインターフォンのチャイムを押したのは、幸運の女神の気まぐれであったかもしれない。

　ロックが解ける音と同時に、

「どーぞ」

　寝呆けたというより、とぼけたに近い応答は、その声で英児を陶然とさせた。

　狭い三和土に入ると、六畳間ほどの上がり口に目的の人物が立っていた。

　それからのことはよく覚えていない。

　サングラスをかけては来たが、無効ではなく無能であった。

　こう伝えるつもりだった。

私は〈区外〉で床屋を営んでおります真城英児と申します。弟の件で伺いました。弟は〈区外〉の「四星商事」の経理部に勤めていました。まだ二五ですが、平凡な社員だったようです。それが、半月ほど前、私のところへ電話をよこしまして、兄貴、うちの会社、〈新宿〉を乗っ取るつもりなんだぜ、凄え。いいネタになるぜ、と。その声に不穏なものを感じまして、おかしなことを考えるなよ、と返したのですが、弟はすぐ切ってしまいました。以来、連絡がなく、こちらからかけても、通じないのです。

　人事の方が見えたのは、その二日後でした。弟が会社の浮沈に関わるデータを持ち出して失踪中だと言って、ひどく焦っておりました。電話があったことを告げると、いつだ、何処からだ、と根掘り葉掘り訊かれましたが、居場所はわからないとしか答えられませんでした。

　弟は気弱な男で、知り合いはみな、そんなことをするはずがないと言うに違いありません。現に社内でもみな、信じられないと声を揃えていると、人事の方も言っておりました。ですが、私だけは知っていたのです。あいつならやりかねないと。小さい頃に何度か、とんでもないことをしでかし、そのたびにまさか太一ちゃんが、と容疑をかけられずに済んだのです。それだけじゃなくて、いくら虐められっ子でも、虐めっ子全部の家に放火して廻るなんて信じられなかったのです。しかも、何年も経ってから。私が気づいた理由は省きますが、弟はそういう奴なのです。

　ですが、それだけでは、こちらへお伺いする気にはならなかったでしょう。決定的なことは、人事の方が来た翌日に起こりました。店じまいの寸前に、二人の男が入って来て、勝手にシャッターを閉めるや、私と妻に拳銃を向けたのです。彼らの質問も、弟の居場所でした。知らないと言うと、ひとりがいきなり、妻の胸を剝き出しにして、わが家の剃刀(かみそり)で右の乳首を切り取ったのです。女房は恐怖のあまり失神し、次は左の乳だと脅(おど)かされましたが、やはり知らないと答えるしかありません。左の乳首を切り取っても、私がそうとしか言わないのを見て、片方が、こいつは本当だ、やっぱり〈新宿〉だぜ、と止めました。私がこちらを訪ねたのは、弟の身を救ってやりたい気持ちもありますが、半分は妻の仇討(かたきう)ちなのです。妻のためにも、弟を奴らの魔の手から救い出してください。費用は定期を解約して作りました。弟の写真や資料もここにあります。何とかお願いします。

炬燵(こたつ)をはさんだかがやきは、承知しましたとうなずいた——と思う。

かがやきの名は確か——

秋(あき)せつら。

3

天使を見たような気分で〈秋人捜しセンター(DSM)〉を出て、バス停の方へ向かうと、すぐかたわらに黒塗りのセダンが停(と)まった。

二人の男が現われ、英児の首すじにスタンガンを押しつけた。

車に押し込まれる前に、英児は失神した。

気がつくと、地下室にいた。窓がひとつもない。

コンテナやダンボールの山の他に、使わなくなった健康器具が眼についた。

椅子にかけた英児は、椅子の背に後ろ手に縛(しば)られていた。足も同じ目に遭(あ)っているため、身動きもままならない。

何だ、これは？　ぼんやりと考えた。

「〈新宿〉さ」

三、四メートル前方に立つ中年が言った。スーツにネクタイ姿だが、悪相だ。男の横に二人、英児と彼との間にもうひとり——二メートル近い革ジャンの大男がいた。巨軀はともかく、手にした品が英児の心臓を鷲摑みにした。コードレスの電動ドリルである。

「ここは〈新宿〉さ。〈魔界都市〉って別名もある。どうして、自分の考えてることの答えをおれが知ってるか、気になるんだろ？　〈区外〉からここへ連れて来られた連中は、まずそう考えるんだ。そして、諦める」

「おれは違うぞ。諦めたりやしねえ。お前ら何者だ？」

「ただの暴力団さ。おれは平泉って者だ。訊きたいことがあってお招きした。秋せつらと何話したんだ？」

「弟の調査だ」

「OKしたのかい？」

「ああ。一発だったよ」

「そりゃあよかった」

言葉とは裏腹に、平泉の表情が恐怖に引き歪むのを、英児は見逃さなかった。

「——どうした、秋さんが怖いのか？」

「うるせえ」

平泉は怒鳴った。それから、

「やっぱりそうか。もういい——おい、始末しろ」

内ポケットに手を入れて、ドアの方へ歩き出した。

巨漢がドリルのスイッチを入れた。軸がかすんだ。

——秋さんがおれの依頼を受けた。それを知るためだけに、おれは殺されるのか？

「助けてくれ」

と口を衝いた。

ドアの前で平泉がふり返って、

「諦めな。大人しく〈区外〉にいりゃいいものを。あんたは別世界へのゲートをくぐっちまったんだ。

入口に書いてなかったか？　〝ここに入る者、すべての希望を捨てよ〟ってな？」

「知らねえな」

　英児は言い返した。助けてくれと叫んだばかりなのに、どうせ殺されるなら、と度胸が湧いた。

「希望なんて何処にもありゃしねえし、何処にだってある。おれはまだ諦めやしねえ。おれが死んでも、弟は秋さんが見つけてくれる。そうしたら、おまえらも、おまえらを使ってる連中もおしまいだ。せいぜい首を洗っとけ」

「ひょっとして、あいつが助けてくれると思ってるのか？　はっは。おれたちもあいつのことは知ってる。そんなにサービスはよくねえよ。おい」

　平泉は巨漢にうなずいた。ドリルが近づいて来た。

　英児は眼を閉じた。闇の中に浮かんだのは、妻でも弟でもなかった。

　彼は恍惚(こうこつ)と死を待った。


　低い苦鳴(くめい)がその眼を開かせた。

　ドリルの巨漢は奇妙な形を取っていた。

　旋回する刃を自分の顔に向けているのである。

　他の連中は——これまたおかしい。その場を動こうともしない。平泉など、ドアノブに手をのばした姿で石の像だ。

　英児の胸ポケットで、携帯が唸った。はっとした。両手は自由だった。ロープは鮮やかな切り口を見せて床に落ちている。

「無事ですか？」

　あの声だった。茫洋(ぼうよう)たるかがやく天使がやって来たのだった。

「あ、ああ」

「早く行きなさい。上の連中も同じ状態です」

「あ、ああ」

「その前に、ボスの耳に、これを当ててください」

　何かに操られるように、英児は手にした携帯を平泉の耳に当てた。

平泉は虚ろな表情のまま、地獄の苦痛の沼に頭まで浸かっていた。痛みのあまり、失神も失禁もできなかった。

その耳に、いやにはっきりと、

「サービスいいよ」

茫洋たる声が告げた。

次の瞬間、一生痴呆状態を強制する苦痛が、改めて全身を突っ走り、彼は発狂した。

真城英児が〈四谷ゲート〉を渡り切った頃、〈市谷台町〉にある八津常吉の家を、美しい訪問者が訪れた。

居合わせた妻、娘、長男をはじめとする家族やお手伝いは、ことごとく石の像と化した。

「真城英児を拉致しろと命じたのは誰？」

八津は〈新宿二丁目〉に一家を構える暴力団「八頭竜組」の組長であった。平泉は彼の子分である。

「中富って橋渡しだ。あんたも知ってるだろ？」

「彼に関する依頼――後はみな断わったら？」

一も二もなく、八津はうなずいた。

「約束」

と言って、せつらは居間を出た。

玄関のところで、後ろから足音が追って来た。家人の呪縛はすでに解いてある。

「秋くんでしょ？ 今の金縛り？」

若い声は、せつらと同い歳くらいの娘のものであった。

「痛かったか？」

ふり向かずに訊いた。

「私はちっとも。高校の時の虐めっ子どもがやられたのは、これね。みんな頭がおかしくなって、退学食らったけど」

組長への提案の理由であった。本来なら手足の一本も斬り落としている。

父のことは頭にもないらしく、

「結婚したの？」

「はは」

「ねえ、クラスどころか、高校中の女子のほとんどが、まだ結婚してないのよ、誰かのことを忘れられなくて」

「はは」

　せつらはドアを開けて、

「じゃね」

　と片手を上げた。

「私もよ」

「どーも」

「今度、同窓会やろ」

「はは」

　ドアは閉じられた。

　娘は膝をついた。

　美しい夢が去っていった。

　その先が、父さえも知らぬ修羅の巷と、娘には知る由もなかった。


〈区役所〉の「資料室」は地下二階にある。〈新宿〉に関するおびただしいデータを納めたプラスティック・ケースが、壁を埋めている。ケースは、一〇メートルもありそうな天井まで届いていた。必要なデータは、内容さえわかれば、自動的にセレクトされ、ケースの背後に装着したチューブを通して、請求者の元へ届けられる。検索したい者のために、スケルトン・エレベーターが、張り巡らされたレール上を走り廻っているが、それを選ぶ者は滅多にない。

　今日は二人いた。

　ひとりは白い大きな尻をした女であった。なぜわかるのかというと、スカートとパンストを下ろして、剝き出しになったそれを突き出しているからだ。三〇代の女は、レールを握って身を支えていた。

「いや……いや……いや……」

　女は、いつもの夜の台詞を繰り返した。

そうじゃない、という証拠に、尻は妖しく動いて、その双丘の間に顔を突っ込んだ男を嬲りつづけている。

白い尻に赤いすじが食い込んでいる。紐パンだ。男は肉丘の間を通るそれを指で横へずらした。

「あ、いや……」

「おまえもキツい性格だな」

と男が言った。

「これを見るたびにそう思う。肛門の周り――剛い毛がびっしりだ」

「やめて……言わないで」

女は哀願したが、そそるためだと知っている男は構わず、黒い茂みの中心にあるすぼみを見つめた。

「竹中も、こうやって見るのか?」

「あ」

女は呻いた。職場恋愛中の恋人の名前だった。

「どうなんだ?」

男が指先をすぼまりに入れた。女が身悶えした。

「駄目よ……それしちゃ。あそこまで……、びしょびしょになっちゃう」

男は黙ってつけ根まで入れた。悲鳴が上がった。声は部屋中に波を広げ、隅へは行き着けずに消えた。

「おまえにゃあそこより効くだろ。変態女。入りやすくしろ」

女は右手をレールから離して、口元へ持っていくと、たっぷりと唾を垂らした。アナルへは股間から届けた。肛門の周りに塗りたくって、

「脱ぐわ」

と言った。

「駄目だ。ずらして入れる。動くな」

男はジッパーを外して、摑み出したものをすぼまりに当てがった。

「ああ……駄目」

目一杯、埋めた。

「ああああ」

苦鳴が男を昂ぶらせた。

「締まるぞ、締まるぞ。あそこより、ずうっといい。ずっとここでやるぞ」

「やめて」

男の動きが激しくなった。オイルはつけていない。

女の身体は腰からほぼ九〇度のび上がった。

「どう？　どう？」

女が訊いた。犬のような呻き声であった。

「いいぞ。凄い。もっと締めろ」

女は唾を塗った指で秘所の刺激に励んでいた。

「行くぞ」

男が宣言した。癖であった。

そのとき——携帯が鳴った。仕事中、ＯＦＦにしておくのは許されていない。

「畜生」

男はつながったまま、耳に当てた。

「浅井義弘さん？」

「——誰だ、あんた？」

「お邪魔しても？」

全身の興奮が一気に醒めた。なんて美しい声だ。

「——誰だ、あんた？」

「秋。人捜し屋です」

「聞いたことはある。用件は？」

「真城太一さんについて少々」

「知らんよ、そんな男」

何とかリアルな声を出したいと思ったが、上手くいかなかった。

「じゃ、伺います」

「おい」

携帯は切れた。

「伺うって、ここにいるとわかるのかよ？」

返事は、奥から響くモーター音だった。

ドアが開いたのだ。

第二章　買収計画

1

「な、何だ、あんたは？」

　浅井は全身の血が脳へ集中するのを感じた。羞恥のせいである。怒りは湧いて来なかった。彼は来訪者の顔を見てしまったのだ。

「お邪魔」

　と秋せつらは挨拶した。

「ま、全くだ――部屋へ入るなら」

　ノックぐらいしろと言いかけて、ここはＩＤカードを持った職員しか入れないことを思い出した。

「どうやって入った？」

「糸」

「？　――私がここにいることはどうして？」

「受付で」

「受付？　そんな莫迦な」

「みんな知ってるみたいだった。伊沢さんがいないから、きっと資料室よ、と」

　浅井は女を見た。身づくろいをするのも忘れて、侵入者を見つめる顔は、世にも美しい天使を目撃した信者のように溶けていた。

「しかし、無礼だぞ」

「まあまあ」

「――何の用だ？」

「ある人の連絡先を知りたくて」

　浅井は女の方を見て、

「行きたまえ」

　と言った。女は返事もせずに、せつらを見つめていたが、せつらがドアの方へ眼をやると、ゆるゆると歩き出した。足首に引っかかったパンティも気にならないようだ。

　ドアが閉じると、せつらは、

「真城太一さんをご存じですね？」

　と訊いた。

　浅井の、これもぼんやりとした表情に動揺が走った。

「知らんな」

そっぽを向いたが、せつらにはもうわかっている。

浅井は居丈高に、

「なぜ、そんなことを私に訊くんだね？」

「フェイスブック」

「なにィ？」

浅井が自分の電話相手を取り上げたと、職員のひとりが書き込んだのは、昨日のことである。せつらは〈区役所〉に関する情報収集も怠りないのだ。

もちろん、その電話の主を太一と断定したのは、勘である。浅井には騙しをかけたのだ。

「とにかく、連絡先を」

「知らん。そんな名前、聞いたこともないぞ」

頭の中が真っ白になる――陳腐な表現が本物だと、浅井は思い知った。原因は――痛みだ。全身を灼く地獄の苦痛だった。

それなのに、眼の前の若者だけは、なぜこれほど美しく見えるのか。美しさとは地獄さえ超えられるものなのか。

「連絡先」

その言葉だけが頭の中を巡った。

携帯の番号を聞いて美しい侵入者が去った後一時間ほどして、放心状態の浅井は医務室へ運ばれた。彼を発見したのは、まだ眼の焦点が定まらぬ伊沢某女であった。

真城太一と恋人が着の身着のまま〈淀橋市場〉近くの廃墟に移ったのは、その日の夕刻であった。襲撃者への恐怖が、太一を急き立てていたのである。

Bマンの言葉がなくても、浅井が自分を売ったのは明らかだ。その復讐を企てるよりも、まず安全の確保を太一は優先した。

「危ないわね」

と深雪も逃亡に同意した。

「でも、そのボディガードを雇ってくれた人って、誰なの？」

「それがわからない。話してもくれないし」

「ボディガードも罠なんじゃないの？」

「かも、な」

「やだ。じゃあ、ここも危険よ。〝廃墟屋〟を通せば、すぐバレちゃう」

「そこまで疑い出せばキリがないぜ」

「それもそうね」

　女はあっさりと引いた。こだわらない性格が、太一を魅きつけた第一の理由だった。

「そのときはそのときだ。覚悟もしてきたしな」

「人殺しなんてやよ」

「おれだってしたかないさ。けど、生命は守らなきゃな」

〈歌舞伎町〉にオフィスを構える〝廃墟屋〟は、〈新宿〉の廃墟を様々な用途に合わせて斡旋するのが仕事だ。なりゆきで真っ当な住居に住めない人々の最後の希望が〝廃墟〟なのであった。

　住まいとして斡旋するのは殆どが〈第一級安全地帯〉の物件だが、中には懐具合によってより危険な場所を選ばざるを得ない者もいるし、逆に、危険な妖物が追手を追い返してくれると、〈最高危険地帯〉の廃墟を選ぶ者もいる。

　太一が選んだのは、〈第三級危険地帯〉に属する三〇〇坪ほどのマンションの瓦礫の中であった。〈魔震〉によって生じた廃墟は、奇妙な物理法則が働くのか、建物の基礎も地盤も大半の部分が崩壊せずに残り、その上にコンクリの山がうまい具合に重なり合って、不可解な住居を形作っている。生活用品と対妖物用の武器さえ仕入れれば、理屈では充分生きていけるのだ。

　だが、現実には、〈危険地帯〉ともなれば、たとえ〈三級〉といえども地底に潜む甲殻生物や死

霊が、〈二級〉となると、人間そっくりの、いわゆる〝仲よし鬼〟が出現して人々を食い荒らす。〈一級〉だとどうなるか？　何も出ない。代わりに居住者が失踪してしまう。ある日、忽然と、それまでの生活の痕跡だけを残して、生活者のみが消え失せるのだ。普通は大騒ぎになるが、居住者が居住者、場所が場所だから、大半が気づかれぬまま終わる。何カ月後、何年後かに誰かが――〝廃墟屋〟か、居住者と同じ条件の、追われる人間だ――訪れて、燃えつづける電子ストーブの上で溶けているコーヒー・カップや、萎れ腐った花や、埃だらけのベッドを発見し、溜息ひとつを弔辞に、何もかも処分して、新しい住人を入れるか、住人になってしまう。そして、また同じプロセスが繰り返されるのだ。

〈安全地帯〉なら無事かというと、そうでもない。こちらも〈一級〉から〈三級〉まで分かれるとおり、〈三級〉だと同じレベルの〈危険地帯〉より、少しマシという程度で、数は少ないが地底生物も死霊もうろつく。〈一級〉とついて、ようやく尋常の生活空間と認められるのだ。

　荷物の整理がつくと、深雪は、

「どうするの、これから？」

と訊いた。女にとって最大の関心事であった。

「何とかするよ」

　いつもなら、そう、で済ませる。今日は食い下がった。

「ここだって危ないんだよ。いつまでも暮らせる場所じゃない。何とか立て直さないと危ないよ。殺し屋だって捜してるよ」

「時間限定だけど、Bマンがいるよ。その間にまずはリベンジだ」

　ボディガードに言われるまでもなく〈区役所〉の浅井が自分を売ったのは明らかだ。さすがのお坊ちゃんも頭へ来た。

「そんなの後でいいよ。経済的基盤を固めようよ。

あたし、〈歌舞伎町〉へ行くよ」

「やめろ、みっともない。おまえにそんなことさせられるか」

深雪のことを考えているのではない。自分の小さなプライドのほうを大事にしているだけだ。

「でもさあ」

「とにかく、やめろ。いいな」

「いいよ。殺し屋もお金も心配しないでいいんならし」

「わかったよ」

唇も声も歪めて、太一はそっぽを向いた。向いても現実は待ってくれない。それくらいはわかる。ずっと考えていたことだ。別の〈区役所〉勤めを通すのも、もう危ないし、この情報に大枚を払うのは、やはり〈区役所〉だろう。他は思い当たらない。

面倒臭くなって、彼は深雪に抱きついた。

「ちょっと、やめてよ」

構わずベッドまで引きずって行き、仰向けに放り出した。

重なった。

タートル・セーターをめくり上げると、真っ赤な透けブラを乳の山が持ち上げていた。乳首が突き出ている。

ブラをずらすと、肉の匂いが鼻を衝いた。

「やめてよ、まだ外、明るいよ」

「構わない。見てる奴がいたら、悪霊か化物さ」

「なおまずいじゃないのよ――あっ」

豊かな乳房を思いきり頰張った太一が、舌で乳首をねじり倒したのだ。

深雪の声は喘ぎに変わった。

両脚が持ち上げられた。

肩に担いで、太一は動き出した。

「感じるか?」

と訊いた。

「感じる。凄く」

いつもの返事だと、太一は気がつかない。

「〈区外〉でも〈新宿〉でも同じだな。おまえもいいぞ」

「よかったあ」

よかったのかな、と深雪はまた考えた。何もかも現実感がない。この男と一緒にいるときは、いつもそうだった。クラブできれいだと美辞麗句を並べられたときも、プレゼントだと大きなダイヤを貰ったときも、この国で三本の指に入るIT技術者だと打ち明けられたときも、はじめてホテルで過ごしたときも、デカいことをして狙われてる、一緒に逃げてくれと言われたときも、〈新宿〉だ、と告げられたときも、夢の中のようだった。いま考えると嘘の中だったのかもしれない。

それが、ここは現実だ。

ヤバい境遇も、男の甲斐性のなさも、コンクリートの山をくり貫いたような住まいも、その気もないのに行なうセックスも、あまりにも生々しい。よかったのかなあ。

太一が動きを止めた。

「泣いてるのか」

「ううん。よすぎるのかな」

「いや、もうやめよう。おまえにその気がないのに、おれだけよがっても仕様がない」

「そんなことない。ごめん。ね、もっとして」

「いや、いいよ」

いつもと違って、スネた様子もない。さばさばとした笑顔だ。

「それより、飯にしよう」

「そうだね」

身づくろいして、深雪は立ち上がった。

奥のキッチン・スペースへ行き、備え付けのミニ調理台の前に立つ。小さな窓がついている。

悲鳴を上げた。

「どうした?」

駆け寄って来た太一へ、窓ガラスを指さした。指は派手に震えていた。

覗き込んで、太一もぎょっと固まった。

「北京原人だ！」

と叫んだ。本気だった。この街なら、ネアンデルタール人やピテカントロプスがいてもおかしくはない。

髭もじゃ、ざんばら髪の顔が、にんまりと笑った。少なくとも知性は感じさせる笑みであった。

戸口の方へ消えた。

太一が駆け出し、ロックをかけてあるのを思い出して、足を止めたとき、派手なノックの音がした。

「誰だ？」

と訊いたのは、ベッドの横に立てかけてある自動式散弾銃を摑んだ後である。

「悪い悪い。近所の者だ。安心してくれ」

まともな日本語だが、信用はならない。何が起きてもおかしくない街なのだ。

「近所？」

深雪の方を見た。こちらも包丁を両手に構えている。

「いないよ、そんなの」

「あんた方はあれか、〝廃墟屋〟を通した客か？　おれはモグリなんだ。知らねえのも無理はねえ」

「用は？」

太一の声が眼みたいに吊り上がった。ドア越しに射ちかねない。

「ただの挨拶だよ。おれは半月ここにいるが、人恋しくてなあ」

「外へ行ったらどうです？」

「あんた、しょっ中出かけるかい？」

だったらこんなところへ来るわけがない、という意味だろう。

「とにかく、今は取り込んでるので、いずれ」

「今会っといたほうがいいぜ。近所にどんな奴がいるか、知っときゃ少しは安心だよ」

太一は困惑した。

「そうだよ」

深雪の言葉が、肩を押した。

「今、出ます。悪いけどドアから離れてください」

「あいよ」

ためらいもなく応じた。確かに戸口から離れる気配と足音がした。

右手でショットガンを腰だめにして、太一は左手でドアを開けた。
五、六歩ほど先に立つ男を見て、
――騙された
と思った。

2

北京原人じゃなくてピテカントロプス、じゃない、もっと古い、アウストラロピテクスだ。

どう見ても腕のほうが脚より長い――と思ったら、ひどい猫背であった。高価そうな革製の上着とズボンの上下を着けてはいるが、あちこち破れている上、繕った跡もない。染みと焼け焦げだらけだ。当人の顔も五〇以上と思われる顔立ちから見て、多分同じなのだろうが、断言できないのは、垢に隠されているからだ。何よりも、伸ばしに伸ばした髪の毛と髭と、分厚い唇から剝き出しの歯列が、このご近所さんを超古代の存在に見せている。

「ほれほれ」

高く上げた毛むくじゃらの右手にウイスキーのボトルが揺れている。

「そう怖い顔すんなよ。放るから受けてくれ。ほれ」

ボトルは太一の足下に落ちた。

「やれやれ」

猿人は肩をすくめて、

「一応、名乗っとく。御里夢宙ってもんだ。三〇メートルばかり向こうの地下にいる。何かあったら呼んでくれや」

にんまり笑うと、身を翻して瓦礫の間に姿を消した。

「何だ、ありゃ？」

足下のボトルを蹴とばし、太一はドアを閉じようとしたが、後ろに来ていた深雪が止めた。

「せっかく持って来てくれたものを、何するの。あなたが飲まなきゃ、あたしが飲むわ」

瓶を持って部屋へ戻った。

夕食になった。深雪の手作りが皿を埋めた。

太一は無表情に口へ運んだ。

機械的に皿は空いていった。

コーヒーになって、

「どう？」

と深雪が訊いた。

「不味い」

「やれやれ」

「もう少し何とかならないか？　これならパック・フードのほうがマシだ」

「ひどーい」

「食事くらい美味いものを食わしてくれよ。何にもしなくていいんだからさ」

「だから、働くって」

「駄目だよ」

深雪は溜息をついて、はいはい、と言った。

「明日、出かける。帰りはわからない」

「はいはい」

「さっきの——御里って気をつけろよ。まるで獣だ」

「大丈夫。ああいうタイプって、案外、見かけ倒しよ」

「そういう客がいたか？」

「今のは特別だけどね」

ようやく太一が笑ったので、深雪はほっとした。

皿を洗っているとき、携帯電話が鳴った。

相手は、秋と名乗った。マイクの部分を押さえて、女の方をふり返り、

「人捜し屋だってよ」

「へえ。知ってる人？」

「とんでもない」

「ちょっと。眼がとろんとしてるわよ。どうしたの？」

「うるさい」

　ここで電話に還って、

「悪いけど会いたくない。いま忙しいんだ。それが片づいたら、〈区外〉へ戻ると、兄貴に伝えてくれ。よろしく頼む」

　うっとりと切った。

「いいの？　お兄さんの依頼でしょ？　心配してくれてるのよ」

「うるさい兄貴だ。昔からああなんだ。いつもおれを餓鬼扱いしやがって」

　深雪は黙っていた。

「とにかく明日になれば、この境遇を変える手を打つ。約束だ。だから、明日いっぱい我慢してくれ」

「我慢なんかしてないよ。結構、いいじゃないの、ここ」

「よせよ」

　太一は吐き捨てるように言った。唇が震えている。

　深雪は沈黙した。逆らえば喧嘩になる。その結果がどうなるかわからない。それが怖かった。

　せつらは、じろりと携帯を眺めて仕舞った。

　携帯のノイズからして廃墟に隠れているのは間違いない。となれば、〝廃墟屋〟を通しているはずだ。〈区外〉の一般人が無知を抱いて〝廃墟〟に入れば、待つのは確実な死だ。たとえ一時間前に移ったにしても、あんな落ち着いた声は出せない。

　せつらは〈区役所〉のタクシー乗り場へと向かった。

　何人かいる〝廃墟屋〟の二人目がヒットした。

　パソコンを背に、

「顧客情報は教えられないねえ」

とふんぞり返る肥満体の前で、

「そこを何とか」

「駄目だ、駄目だ。帰ってくれ」

せつらはサングラスを取った。

「——おれはトイレへ行ってくる」

肥満体は、ふらふらと立ち上がった。日ごと夜ごと現われるせつらの美貌から自分を取り戻すまで、一年はかかるだろう。

せつらはパソコンのキイボードに手を伸ばした。パソコンは、〈十二社〉のPC教室で習った程度だった。


待たせてあったタクシーで〈淀橋市場〉へと走り出して数分、ぼんやりと揺られていたせつらが、

「尾けられてる」

と言った。

「へ?」

運転手はテールライトに仕込んである監視カメラのスクリーンへ眼をやった。後ろの乗用車をアップにしたが、スモークウインドウの内側は見えなかった。〈新宿〉のみならず、最近の流行りだ。

少しスピードを上げてみた。どんどん遠くなっていく。

「ただの車ですよ」

「そこを右に」

車は路地を折れた。それから二度曲がって、〈大久保通り〉に出た。

「Uターン」

「そいつぁ無理ですよ」

「五〇〇〇円」

上乗せの意味だが、誰が聞いてもケチっている。

「勘弁してくださいよ」

「んじゃ」

途端に、運転手が悲鳴を上げた。ステアリングホイールが彼の手の中で急回転したのだ。車体もそれに合わせた。

反対方向へ、制限速度一〇キロ減で走り出す。同じ角をあの車が折れて来た。

「探知子（トレーサー）でも打ち込みやがったか」

歯を剝く運転手へ、

「じゃ」

メーターの料金をぴたり手渡すと同時に、せつらの左横のドアが開いた。ふわりとせつらが跳（と）び出した。

一気に二〇メートルも舞い上がった姿は、コートの裾を翼のようにひらめかせた黒い天使を思わせた。

そのまま夕空の彼方（かなた）にとび去ったのは、確かに〈淀橋市場〉の方角であった。

追って来た乗用車が脇を通りすぎるのも忘れて、運転手は、ひとつ溜息をついた。

交通妨害だと気づいてスタートしかけ、怒りのクラクションが鳴っていないのに気がついた。後方の連中も、空とぶ天使を目撃したに違いない。

「それとも――夢だったのかな」

そちらのほうが正しいという気もした。運転手はいつまでも美しい影がとび去った方角に顔を向けつづけていた。


二メートルほど手前に着地しざま、せつらは違和感を感じた。

周囲は秋の闇だ。

人の気配は、敵も味方も――ない。念のため携帯にかけてみた。

あらゆる応答が絶えていた。留守録もメッセージもない。機械の故障が正解だろうが、――異常はない。

妖糸（ようし）を近くの電柱に巻きつけ、せつらは廃墟へ足を踏み入れた。

〝廃墟屋〟には地図を描かせておいた。住所も付いている。

目的地にはつかなかった。五分ほどでせつらは足を止め、考え込んだ。顎に手を当てて眼を閉じた姿は、悠久に悩める天使に違いない。と、見る者たちすべてを忘我の境に誘い込まずにはおかないが、石塊と瓦礫の世界に人の気配はなかった。

やがて、天使は眼を開け、

「やるな、〝廃墟屋〟」

と言った。

レンタルであろうと、住まいには警備システムが必要だ。あのでぶの〝廃墟屋〟は、その意味で誠実な周旋屋であった。瓦礫で出来た住まいは、〝迷路〟で守られていたのである。

進む実感はある。足は動いているし、息も切れる。左右の光景は確実に後方へ流れていく。しかし、永久に目的地へは到着しないのだ。それは人工的なシステムではなく、〈魔震〉以後、数多くの土地に生じた奇現象であった。〈区外〉の碩学たちには手も足も出なかったこれを、〈区内〉の科学者たちは数年がかりで解明し、何故か一般にもその発生ノウハウが流出して、ある程度の資力と知識を持つならば、個人でも比較的簡単に構成可能になったのである。

——危いな

敵は程なくここを嗅ぎつけるだろう。その前に真城太一の身柄を拘束する必要があるものの、現時点では望み薄だ。

急に背後に気配が生じた。

音もなく瓦礫の陰に隠れたのは、せつらならではの早業であった。

誰もいなかった空間に、二〇代と思しい女が立っていた。月と星しか照明のない世界でも、せつらの眼は真昼のように見えた。

大きな眼と厚ぼったい唇が、妙にちぐはぐな色っぽい女だった。胸とヒップが大迫力の分、腰は大胆に締まっている。この時間にボディコンのミニだ。

せつらに気づいたふうもなく、女は鼻歌を歌いながら、出入口の方へ歩き出した。癖なのか営業用か、尻を大胆にふって行く。

〝廃墟〟を出て、二〇〇メートルほど〈高田馬場〉寄りのコンビニへ入った。

買物を済ませて外へ出ると、少し離れて停まっていた大型のバンから人影が跳び降り、滑るように女の左右に立って、深雪と呼んだ。女の名前だった。〝廃墟〟を出たときにすれ違ったトラックだと、女は気づいていない。

「何さ?」

怯えながら訊いた刹那、鳩尾に一発食らって前にのめり、そのまま担がれてバンへ乗せられた。

バンが廃墟へ到着するや、四名が跳び降りた。ひとりは女を肩に乗せている。全員がごつい骨格装甲をまとっていた。諸器官を人工のものや電子装置に替えたサイボーグ兵士が世界中で問題化したため、半時代ほど前の強化服が再採用となり、一般の抗争ではさらに簡略化した骨格装甲が人気を博している。

見ためはごついし、いかにも鈍重そうだが、人間並みのスピードは出るし、跳躍力は優に一〇メートル、何といっても拳の一撃で、小さなビルくらいなら倒壊可能のパワーは、敵に廻したとき恐ろしいものがある。

五分ほど歩いて、ひとりが、

「これは〝迷路〟だぞ」

と言った。

「空間が四次元的にねじ曲がっているんだ。女を連れて来い」

一同の前に下ろされた女は、もう正気を取り戻していた。絞め殺すと脅されて、住所を教えたのも彼女だ。

「〝迷路〟の外し方を教えろ」

右眼に眼帯をつけたリーダーが命じた。

「知ーらない」

深雪はそっぽを向いた。

「おまえが外へ出て来た以上、帰る手段もある。どうすれば内部に入れる？」

「べーだ」

舌を出したのは、迫った危機とその男たちを、まだ甘く見ているためか。

ジー、とモーター音がのびて、深雪の細首を鋼鉄の爪が捉えた。

夜目にもどす黒く染まった顔へ、

「さあ、どうすればいい？」

男の問いを深雪は苦しそうに嘲笑った。

「へへえんだ……ここを教えたのは……これがあった……からだよん……入れるものなら……入ってみろ」

リーダーの隻眼が緑の炎光を噴いた。電子眼らしい。

ギリ、と爪が狭まる。一万分の一ミリ単位での操作が可能と米軍のマニュアルにはある。

深雪の口が舌を吐き、眼球は反転した。

リーダーはにやりと笑った。

「口の軽い女だと思ったが、とんでもねえ。いい根性してるし、身体もダイナマイトだ。これで敵味方でなけりゃ、絶対におれの女にしてるんだが」

鉄の腕が右へと回転した。

飛来したコンクリ塊が、リーダーのこめかみに激突する前に粉砕する。これはリーダーの反射神経というより、センサーと連動した防御プログラムの成果だ。

「誰だ？」

全員が凶器の飛来した方向へ身構えた。人工腕に装着された二〇ミリ・バルカン砲とレーザー砲が死の凝視を浴びせる。

3

「てめえら、人ん家の庭で何しくさる？」
五、六メートル前方の瓦礫の陰から躍り出たのは、人よりもゴリラに近い体形の影であった。

長髪、長髭、ご丁寧に手には棍棒らしいものを握っている。

「庭だとよ」

ひとりが噴き出した。

「何がおかしい。おめえらがいる場所は、借り主の庭だと、契約書に明記してあるぞ」

「契約書に明記？　何言ってけつかる、この北京原人」

　発言者は、猿の真似をして、ぴょんぴょん跳ね廻った。骨格装甲付きだから、大したものだ。フィードバック機構のおかげで、着地しても人間ひとりの衝撃しか生じない。

「てめ、舐めてるのかあ⁉」

　怒声が弾けても、棍棒が風を切って飛来しても、男たちはあわてなかった。鉄腕一本で簡単に射ち落とせるはずだし、ガトリング砲もレーザーも揃っている。猿真似をした男が鉄腕をふるった。棍棒はそれを避けて男の顔面を直撃した。顔は血の霧と化した。

　棍棒は止まらなかった。勢いにまかせてもうひとりの顔面を狙った。こいつは腕で受けた。

　ずうん、と鳴った。

　衝撃で関節部が外れ、高分子ワイヤとローラーが空廻りを始める。右腕はもう使いものになるまい。

「この野郎」

　レーザーを向けた一台の胴を棍棒が襲った。

　五トン超の巨体が前へのめる。背骨は一〇〇〇トンの衝撃にもひるまない造りだが、今回はイカれた。柔軟性を生むリング上の接合部が次々脱落し、超小型原子炉もやられて、青い光が全身を包む。音もなく停止した五トンの骨格から総毛立った操縦者が必死で脱出する。

「三台も――こいつが」

　リーダーの声は戦慄を隠さない。こいつは彼の眼前をかすめて、投擲者の手に戻っている。何が近いかといえば、オーストラリアの原住民が使ったという、投げても手元に戻るブーメランだろうが、まさか棍棒ブーメランでは話にならない。

「ここへ来たのは半月前だが、生まれは〈新宿〉よ。〈区民〉を舐めるなよ、おい」

「仰せのとおりだ。少々舐めてはいたな」

リーダーは笑顔で認めた。隻眼はなお青く燃えている。

「内は外に非ず、か。今度は舐めはせん。したがって、おまえはおしまいだ」

「何だとお」

「ほらよ」

暗夜に炎が荒れ狂った。二〇ミリ・バルカン砲はモーター・ドライブで一分間三〇〇〇発の発射速度を達成する。一秒間に五〇発の弾丸の雨を、どう避ける？　どう反撃する？

御里には出て来たコンクリ塊の背後へ戻る余裕があった。

二秒で崩れた。

リーダーは眼を剝いた。

いない。

基本は肉眼での射撃だが、高速移動が可能な相手にはレーダー射撃も併用する。リーダーの眼には留まらなくても、レーダーの眼からは逃れられないのだ。

「あの北京野郎——何処へ？」

レーダー・スクリーンに光点が生じた。

真上に。

「うお」

リーダーの頭部を守るフードは重機関銃の弾丸も撥ね返す。それが棍棒の一撃で白い亀裂を走らせたではないか。

もう一撃。それでも破れず、三発目をふり下ろす前に、御里は襲いかかる腕を躱して着地した。

「やるなあ、〈新宿区民〉」

リーダーの笑みはさらに深くなった。

「順序としたら、次はレーザーだが、それじゃ身も蓋もねえ。こんなでくの坊をくっつけているのが間違いだ。それ！」

手元のレバーを前へ倒すや、爆破音とともに、骨格装甲は左右に分かれ、その中央の大地に、リーダーは忽然と立った。

それを目がけて、御里がとんだ。メカの守りを離れたただの人間――赤ん坊を相手にするよりたやすい。

リーダーの頭上にふり下ろされる棍棒の威力は、どちらも知っている。

鈍い響きは頭蓋骨の粉砕音ではなかった。

どう投げたのか、御里の身体は一〇メートルも後方へ放り出され、猫の妖術――鮮やかに身を丸めて着地してのけたが、空中で押さえた右手は、きれいにへし折られていた。

「おれの名は酒抜十四郎――〈新宿〉は初めてだが、〈区外〉じゃ世界中の紛争地帯で知られた名前よ。個人の戦争請負グループ『平定者』のトップとしてな」

苦痛の色の代わりに憎悪の眼差しを向ける御里へ、

「おまえの力の源は先祖返りによる。だが、それじゃあ、おれの技には敵わねえ。何せこっちは世界最高の格闘術がついてるんだ。『ジルガ』って知ってるかい⁉」

「知るか」

御里はふたたび棍棒を投げた。体さばきもせず、リーダー――酒抜は左手をひょいと持ち上げ、それを受け止めるや、地べたへ叩きつけた。

砲撃のような轟きが廃墟を震わせた。棍棒を中心に大地は陥没し、一メートルもの地の底に酒抜を呑み込んだ。彼は周囲を見廻して呻いた。

「何だ、こいつは？　古代の恵んでくれたエネルギーか？　何にせよ大したもんだぜ。もう少し上手く使やあ、おれも斃せたかもな。だが、おめえはもう裸だ。大人しく廃墟で暮らしてりゃいいものを、悪いのを相手にしたと後悔するんだな」

　酒抜は、ゆっくりと窪地を上がり始めた。上がりきったとき、その前に深雪が立って両手を広げていた。

「ご近所さんに何するのよ？」

「逃げなかったのか、あんた？」

　酒抜が呆れたように言った。

「いい女だなあ。惚れちまったぜ」

「真っ平よ。あたし、大物ぶってる奴って大嫌いなの。下手な口説き方してくる奴が、みいんなそうだったわ」

「世間が狭いなあ。おれみたいないい男に出くわさなかったのは運の尽きだ。ああ、もっと早く会いたかったぜ」

　酒抜の右袖口から、黒いものが手の中に落ちた。五〇センチに近い金属の板であった。薄い。

「そいつの棒切れほどじゃねえが、おれもこんなもンを使う。内緒の奥の手だが、久しぶりに見せたくなったぜ」

　どう見ても、ただの金属板である。酒抜はそれを億劫そうに後ろへ引き、

「あらよ」

　アンダースローで放った。さしたる力でもなく、現に大したスピードでもなくとんだ。

「どけ！」

　御里が女を突きとばした。その眼前で金属板は凄まじい速度を備えたのである。びゅっ、と空気が鳴るや、御里の首はきれいに消滅していた。

　どっと仰向けに倒れた身体を、深雪は呆然と見下ろし、口に拳を当てて悲鳴を押し殺した。

　金属板――否、飛翔刀は、深雪の後方で向きを変え、酒抜の右手に戻った。これも、御里の棍棒と似ている。

「こいつはおれの投げ方ひとつで、好きな位置でスピードが変えられる。ちょっと防げねえんだな。さ、あんたん家へおれを案内するか、その原始人の

後を追うかだ。見たところ、あんたに気があったようだ。あいつは喜ぶぜ」

蒼白な顔が、激しく横にふられた。怯えた表情が、きっぱりと、

「ぜーったい、家には入れてやらない」

酒抜の眼に凶気が渦巻いた。

飛翔刀がとんだ。

「まず、右腕だ」

〝戦争屋〟は、女をバラバラにするつもりなのか。

悠々ととんで来る死の板を、深雪は身じろぎもせずに見つめた。逃げようのない武器への絶望が動きを封じているのだった。

金属音が弾けた。

狂乱に近い動きを示して、刃は地面に食い込んだ。

酒抜は身を低くして、近くの瓦礫の山にとび込んだ。飛翔刀によほどの自信を持っていたのか、驚愕の表情を隠そうともしない。

ポケットから直径二センチほどの球体を摑み出し、前方に放った。超小型のフェーズレーダーである。〝戦争屋〟の必需品だ。

砕け散った。

酒抜は眼を剝いた。

「気楽に射つな。ひとつ一五万ドルもするんだぞ！てめえ、何者だ⁉」

隠れた瓦礫の頂が吹っとんだ。のみならず、後方のコンクリ塊の上部も四散する。徹甲弾だ。

「――あの人だ！」

深雪は胸の中で喝采した。

太一から聞いたボディガードが、また来てくれたのだ！

酒抜の盾が次々に欠けていく。

彼は、赤いカプセルを取り出し、足下へ叩きつけた。

白煙が四方に広がった。煙幕だ。電磁波もかけてあるから、レーダー射撃や赤外線ショットもジャミ

ングできるはずだ。姿なき狙撃手の眼をくらませられる。ここに留まっていれば嬲り殺しになるだけだ。

走った。

廃墟の奥へ。出入口は標的になるようなものだ。

足下のコンクリが砕けた。

「ちィ」

左へ曲がった。

また足下へ。

――狙いをつけられてる!?

冷たいものが首すじを走った。

この街じゃ、〈区外〉の手が通用しないのか!?

しかも――

――嬲ってやがる

射つ気はないのか。それとも、気が向いたらひと思いに?

恐怖に心臓を摑まれたまま、無敵の〝戦争屋〟は走りつづけた。

「行ったかい?」

いきなり訊かれて、女は、

「ええ」

と応じてから、悲鳴を上げて声の主を見下ろした。

御里だ。首を失った男が、確かにしゃべったのだ。

「悪い悪い」

ひょい、と起こした上体に首はない。深雪が失神しなかったのが不思議である。

ぽん、と切り口から現われたのは、前と同じ猿人的顔であった。

「あああ」

震える女に、照れ臭そうに笑いかけ、御里は出入口の方へ片手を大きくふった。

「何処のどなたか知らねえが、ありがとよ。助かったぜ。もっとも、あいつが油断してるところを狙うつもりでいたのは、わかってくれるよな?」

返事は土煙だった。

陥没の中心から上がったため、一発目ははっきり見えなかったが、二発目は穴の縁（へり）で上がり、三発目は五メートルほど先、四発目で御里の足下へ、長いものが転がって来た。

棍棒だ。

「おりゃりゃ？」

身を屈（かが）めたところへ五発目。棍棒は毛むくじゃらの手の中へ跳び込んだ。

「やるねえ」

御里はまた出入口の方へ顔を上げ、

「今度は腕くらべといこうぜ」

と叫んだ。

ひと呼吸（いき）置いて、

「行っちまったぜ」

と女をふり返った。

「助っ人（すけと）が入りはしたが、メインの助け人はおれだぜ。わかってるよな？」

「うん」

深雪はうなずいた。

「なら、いいさ。神経質な亭主はどうした？」

「中にいるわ」

「出て来ないねえ」

「寝てるんじゃないかしら」

「それはそれは」

深雪は、はっと身を離したが、その腕は押さえられていた。

「何すんの？」

「生命の恩人に礼をするのは当たり前だろうが」

「ちょっと待って」

「造りもんだが、おれは首をひとつ失（な）くしてるんだぜ。さ、本物の唇にひとつブチューといこうや」

「やめて」

声と身体は絡（から）み合った。

新たな男の声であった。

「失礼ですが」

二人はふり向いて——陶然（とうぜん）となった。月の光の下でもかがやく美貌の主——秋せつらがそこにいた。

第三章　黒い獣(けもの)の道

1

深雪は警戒する前に恍惚となった。かたわらの北京原人の手から棍棒が落ちた。

「どーも」

とせつらは頭を下げ、

「真城太一さんはいらっしゃいますか？」

ぼんやりとうなずき、深雪は少しあわてて、

「はい」

「いません」

と答えた。眠りかけたような声である。

「いねえいねえ」

と御里も追従した。

せつらは、じっと女を見つめた。魔法の時間だった。

「〝迷路〟を外してください」

こう言われて、深雪はダメと応じた。それが最後の抵抗であった。せつらが眼を離さずにいると、

「シンケミガ……」

奇妙な呪文を口にした。よく記憶していられると思われるくらいに長く、複雑な呪文であった。

「外しました」

「どーも」

せつらは他の二人の存在など忘れたように歩き出した。

「あれ？」

と洩らしたのは、住居に入る前である。

妖糸の手応えは、無人であった。

「いませんね」

「そんな――」

半ば寝呆け声で、それでも深雪は室内を見廻した。

「ホントだわ。何処行ったのかしら？」

出たとすれば、自分がコンビニへ行ってすぐだ。

誘拐かと思ったが、そんな形跡はない。

「まいったな」

せつらは頭を掻いた。深雪の驚き方は本物だ。

「心当たりは？」

「あります」

ぼんやりと返した。言ってはいけないと思ったが、この若者には逆らえなかった。正確には、美しさには。


太一は明日まで待てなかった。これまでの仕打ちに対する怒りに、総身が熱い。

ひとりきりになったとき、あらためて怒りがこみ上げ、抑えきれなくなってとび出した。目的地は〈区役所〉だ。

だが、連絡してみると、浅井はすでに帰宅しているという。住所は勿論、個人情報でNOだ。

こうなったら、情報屋しかない。当てはないが、そういう類の連中なら〈歌舞伎町〉だ。

バスで向かった。うろついていると、路地の一角で数人の若者に囲まれた。全員、一七、八だ。少年といっていい。

「兄さん、金貸してくんねえか？」

ひときわでかいのが、恫喝するように切り出した。いつもなら震え上がるのだが、今夜は臆病虫よりも怒り虫が勝った。

「てめえらに貸す金なんかない」

と啖呵を切ってしまった。

いきなり両腕を取られた。

「離せ」

と叫んだ鳩尾に蹴りを貰った。容赦ない力がこもっていた。裂けたな、と思った。夕飯の中身が路上にとび散った。何してるんだ、妖術射撃？　と罵ったとき、

「何してるの、あんたたち？」

鋭い女の声が、少年たちをふり向かせた。

路地の入口にコート姿の女が立っていた。

無事な街灯の光で、何とか顔が見えた。

「おまえ――」

と言いかけた瞬間、蹴りを放った少年の鳩尾に小さな穴が開いた。その背後の路上にぶち撒かれた内臓は、太一の反吐よりも大量であった。

数秒のうちに、少年たちは次々に射殺された。全員が頭に一発食らっていた。逃げる暇などなかった。

路上に血溜まりが広がっていく。その中から太一は立ち上がった。血にまみれるのはご免だった。

鳩尾を押さえて、死体を見廻し、

「あん畜生、いつも痛い目に遭ってから――」

罵った後で、腹を押さえてうずくまってしまう。

悪罵の相手は勿論、Bマンだ。

その前にコート姿の女が立った。

見上げた顔を記憶に放り込み、太一の唇から、まさか、というひとことがせり出してきたのは、三秒後であった。

「――まさか……おま……君は……水咲く……ん」

「当たり」

娘は笑顔を見せた。太一には花のようであった。

「でも……どうして、こんなところに？」

「ここは〈新宿〉でしょ。理由なんかいらないわ」

娘は笑みを深くした。その声は太一を安らかな気分にした。何年ぶりだろう。何年――ふと、気づいた。

水咲ミチルの顔を、いつもうっとりと眺めていたのは高校時代だった。現在は？

「おまえ――誰だ？」

ミチルの顔が近づいて来た。

「あたしよ――水咲ミチル」

本物だ、と思った。高校を出てから、誰にも秘めてきた名前だった。

「嘘だ――どこで聞いて来た？」

「あなたよ。いつも、私のことを想っててくれたでしょ。高校のときからわかってた」

「……いや、それは」

白い手が彼の顔をそっとはさんだ。何ともいえないあたたかさが皮膚を通してくる。過去の醸(かも)し出すものかもしれなかった。

「行こ」

　とミチルがささやいた。

「――何処へ？」

「二人きりになれるところ。この街には幾(いく)らでもあるわ」

　顔に力が加わった。太一は立ち上がった。ようやく、頼れる人間(ひと)を見つけられたと思った。安堵(あんど)が意識を闇へと引き入れた。

「ここよ」

　気がつくと、豪華な室内にいた。高級ホテルのプレミアム・ルームと言ってもいい。家具も絨毯(じゅうたん)も、一級品が並んでいる。

「君の部屋？　凄(すご)いね」

「たいしたことないわよ。真城くん――一杯飲(や)る？」

「あ、ああ。痛み止めか何かあるかい？」

「あるわよ」

　革張(かわば)りのソファに横たわった太一の、眼の前のテーブルに、水の入ったグラスと錠剤が置かれた。

「痛い？」

「――ていうか、ムカムカする」

「早く飲んで。その薬、胃の具合も調整してくれるわ」

「はいよ」

　グラスを手にした途端、凄(すさ)まじい痙攣(けいれん)が胃を襲った。手からグラスが落ちた。

「しっかりして――大丈夫？」

　ミチルが走り寄って身体(からだ)を支えた。あたたかい手であった。続いて鼻が感動した。

「いい香水だね」

「ううん、安物よ」

「高校のときから、君はオーデコロンをつけてた。あの香りに似てる」

「そう。よかったわ。あれ、好きだったの？」

「ああ」

ミチルは照れ臭そうに笑った。昨日も教室で見た。だが。

太一は救われる思いだった。

「ね、真城くん——見せてほしいものがあるんだけど」

ミチルは太一の眼の中にいた。

「何だい？」

熱い思いが欲情に変わりつつあるのを、太一は意識した。

「あれよ」

ミチルはささやいた。

「あれ。大事なディスク」

頭の中に閃(ひらめ)きが走った。これでようやく、脳細胞の表面に霧がかかっていたのに気がついた。

「——なんで知ってる？」

「あなたが教えてくれたのよ」

「嘘だ」

「ホントよ」

白い生腕が首に巻きついた。何となく蛇に巻かれたような気がして、太一は身を震わせた。

「おい」

「いいの。あなたの気持ちはわかってた。私も好きよ」

「こんなことあり得ない」

声に出して自分に言い聞かせた。

「絶対に間違ってる。いくら〈新宿〉だって、こんなことは——」

「あるのよ、真城くん」

ミチルが顔を近づけて来た。唇が触れるのを太一は意識した——寸前で離れた。

「考えを読む怪物なんて、疑っちゃ嫌(いや)。たとえそうだって、いいじゃない」

——危(やば)い
と脳のどこかが叫んでいた。

「ううん、危くない」

唇が重なった。柔らかくて、あたたかい。おまけに――甘い。

危険信号は呆気(あっけ)なく無視されてしまった。舌まで入れられては当然だ。

――どうなってもいいや
最も簡単で無責任な思いが、太一を緊張から解放した。

いつの間にか横になり、ミチルが上に乗って来た。

「ちょっと――待ってくれ」

「今さらなにを」

可憐(かれん)な顔が妖しく笑った。

「潔(いさぎよ)くない人ね。ね、あれ、何処にあるの?」

「あれ?」

「ディスク」

「ああ。ここにあるよ」

ジャケットの胸を叩(たた)いた。

手が滑り込んで――戻った。プラスチック・ケースはその指の間に挟まれていた。

「それは――」

「まかせておいて。あたしが生かしてあげる。あなたは眠っていてね」

甘い息が吹きかけられるや、太一の意識は闇に包まれた。

「起きて」

揺(ゆ)すられた。ミチルだった。

「え?」

「騙(だま)されたのよ、あたしの偽者(にせもの)に。しっかり。起きられる?」

「大丈夫だ。でも――何のことだ?」

「見てごらんなさい」

ミチルは彼を起こして、横へついた。

安っぽいラブホテルの一室にいると知っても、太一は驚かなかった。

「いつ、連れて来たんだ!」

「最初からここです。あなたは〝変身体〟に騙されたの」

「変身体？」

「どんな姿にも化けられる妖物のことです。しかも、獲物の考えと記憶まで読むから、絶対に見破れない。そうやって、獲物は食べられたり、吸い殺されてしまうんです」

　太一は声も出なかった。その獲物とは、自分のことではないか。

　その表情から気づいたか、ミチルは部屋の右隅――ドアの方を指さした。

「でも、あなたをどうこうするつもりはなかったらしいわ。ディスクを奪って――何処へ行くつもりだったのかしら？　きっと、ディスクを使って、もっとお腹の足しになる人間を襲うつもりだったのね」

「腹の足しって？」

「変身体の餌の基準は、肉や内臓の味じゃありません。その人間の栄光というか――財産や、豊かな男女関係、社会的地位なんです」

　太一は苦笑せざるを得なかった。

「んじゃ、おれは食うにも値しない餌だってわけか？」

「それは――」

「いいんだ。だけど、君は何者だ？」

「水咲ミチルです。知ってるでしょ？」

「そんな莫迦な。二度も水咲くんが出てくるなんて」

「ひとりは――あそこ」

　新しいミチルは、最初に指さしたところをもう一度示した。

　床の上に赤茶色の染みが広がっている。

「あれは？」

「最初の私が溶けた痕です。私が仕留めました」

「君は――救助隊か？　けど、どうして、おれがここにいるって？」

「それは言えないわ。でも、少しは役に立ったでしょう？」

「ああ。でも、もうひとりボディガードがついてるはずなんだ。あいつ、無能だな。馘にしてやる」

「変身体はあなたを殺さずに出て行こうとしたわ。だから、Bマンは手を出さなかったのよ」

「なんで、そんなこと知ってる？」

「言えません」

「とにかく、おれを守ってくれるのか？」

「そうですね」

「ボディガードが、二人もか――助かるよ。でも、君の正体は――」

「水咲ミチル――そう信じて」

　それもいいだろう、と太一は思った。少なくとも悪いことなどありはしない。

「信じるよ」

　彼はうなずいた。笑顔を作ったつもりだが、上手くいったかどうかはわからない。新しいミチルは少しも笑わなかった。

2

　少しは神さまも憐れんでくれたらしい。

　あたたかい肉は柔らかく、冷たいシーツとよく合った。

　太一の責めにわななき、その首に白蛇のような太腿を巻きつけて、秘部への舌戯を求めた。自ら押しつけてくるその貪欲さに、太一はすぐに辟易し、

「水咲くん、凄くなったなあ」

　正直なところを口にした。

「あれから何年経ってる？　人って変わるのよ」

　ミチルも喘ぎ声である。

「変わるのよ」

　仰向けの太一の上で、娘は後ろ向きになって口を寄せた。

　生あたたかい肉の洞に包まれた途端に、太一は放出した。

「ああ……水咲くんの口に出せるなんて」

　かすれ声の太一へ、憧れの娘は艶然と微笑してみせた。

「飲んじゃった」

「水咲くん……」

「その呼び方やめて——ミチルがいいな」

「じゃ、ミチルくん」

　当人は苦笑を浮かべた。

「あなた、恋人の名前にくんをつけるの？」

「いや、そんな……。ミチル。これでいいか？」

「上出来よ。それじゃ、ゆっくり休んでいきなさい。先に帰るわね」

「待ってくれ。君と会えたのは嬉しいが、正直、何が何だかさっぱりわからないんだ。君はどうしておれを助けてくれた？　おれの居場所が、どうしてわかったんだ？」

「教えてもらったのよ」

　すでにベッドを下りて、ミチルは下着を身につけている。真っ赤なハーフ・ブラとTバックから肉がこぼれている。

　ひどく虚しいものが、太一の胸に翳を落としていた。ラブホテルの一室のせいもあるのかもしれない。

「誰にだよ？」

「——忘れたらどう？」

　身体に貼りついたワンピース姿が、ドアの前でふり返った。

「何もかも忘れて、別人になるの。そしてやり直す。この街ならできるわ」

「そうはいかない。どいつもこいつもおれを舐めくさりやがって。〈区役所〉の浅井め、絶対に許さない。これから外であいつをぶち殺す武器を買うんだ」

「忠告はしたわよ」

　ミチルは、あっさりと背を向けて出て行った。まるで仕事でも終えたようなさばさばした姿だった。

「ホテル代はテーブルの上よ」

閉じる寸前のドアが言った。

自動ロックの音を聞きながら、太一はあらためてベッドへ横になった。

前に調べておいた「武器屋」へ連絡を取ったのは一〇分後だった。彼らがやって来たのは、それから五分後だった。

「早いなあ」

眼を丸くすると、

「この商売、迅速がモットーだ」

大きなスーツケースを運んで来た中年男が、ケースの蓋を叩いた。もうひとりは、少し離れたところに腕組みをして仁王立ちだ。モヒカン刈りを三倍に増やしたような——つまり、茶色に染めた髪を、頭頂とこめかみ近くに三筋残してある。組んだ右手が、上衣の内側に忍び入ってることも、わかっていた。

「急ぐってんで、とりあえず、手元の品をぶち込んで来た」

中年男はこう言って、ケースの蓋の角に、人さし指を当てた。

バッグが開く。指紋錠であった。

「よく入って来られたな」

中身を見て、太一が呆れたように言った。

「呼んどいてよく言うよ」

中年男は面白くもなさそうに笑った。

「この手のホテルは、男と女だけじゃなく、おれたちみたいな連中とのデートにも使われる。〈魔震〉以来の伝統さ」

「そいつは、〈魔震〉様々だな」

すでに太一の手は中身へ伸びていた。

持ち上げて、テーブルの上に置いた品へ眼をやり、

「こいつは、H&Kの最新型のひとつ前だ。口径三ミリ——複列弾倉に九〇発入る。しかも、単発、全自動のセレクトも可能だ。値段は反動

除去装置と消音器付きで五万。〈区外〉なら五倍はするぜ。ただし、弾倉が別で、ワン・マガジン五万。三本なら一三万にまけとく。もう片方は——」

「いや、いいんだ」

太一は両手を上げた。誰が見てもギブ・アップだ。

「そんな金はない。銃か弾丸のどっちかで精一杯だ」

「帰ろうぜ、林」

若いのが冷ややかに言った。

「貧乏人を相手にしてもはじまらねえ。こういうタイプはすぐにキレる。面倒なことになる前に出て行くんだ」

「待てよ、良」

中年が止めた。少なくとも良とやらよりは商売熱心に違いない。

「お客さん、この商売も数が増えちまってね。できるだけの値引きは考えるよ。二つ合わせて七万でどうだ」

「アウトだよ」

「しょうがねえな」

中年が溜息をついた。

若いのが、

「いい加減にしろよ。おれは行くぜ」

「まあ、待て——わかった。なあ、長いこと、つうか何回も使うのか？」

「いや、多分、一回こっきりだ」

「なら、こいつにしろよ」

中年男が取り出したのは、太一が眼もくれなかった安っぽい拳銃だった。全体的な形は古いアイバー・ジョンソンに似ているが、用心鉄の前部は切り取られて、撃鉄もついていない。照星も照門もない。命中精度など最初から無視なのだ。その代わり、早く抜いて射つには申し分がない。

太一の胸の中を読んだように、

「前の持ち主が改良したガンだ。抜群のスピードで射てたらしいが、あるとき勢い余っててめえの足を射っちまって、じたばたしてるところを蜂の巣よ。部品はみんな替えてあるが、ゲンも悪りいし、弾丸八発付き六万でいいぜ」

　手渡された武器を太一はじろりと眺めた。右横のノッチを押して、輪胴を横にふり出す。

　どうも引っかかる。スムーズに出ない。弾丸は入っていないから、戻して引金を引く。射つのに支障はないが、やはり固い。部品を替えた弊害が出たのだ。

「やめとく。持ち主が殺されたってのがよくない」

「そうかい。なら、硬物は駄目だな。これにしなよ」

　中年男は、ケースの底板の端をつまんで持ち上げた。一〇挺ほどの拳銃ごと持ち上がった板の下に、別の――奇妙な品が並んでいた。

　オートもリボルバーもある。初めて見る型だが、何処かの三流会社がこしらえた安物なのだろう。男て、

――林は付属の弾倉を装着すると、消音器をつけて、

「射ってみろ」

　と差し出した。

「へえ」

　思わず口を衝いた。握りの部分だけがずしりと、後は妙に軽い。抜群のバランスだ。遊底の引きも見ためよりずっと滑らかだし、自然に眼の高さに上げれば、小さな照星と照門がぴたり合う。

「ベッドへ射ち込め」

　林のアドバイスに従って引金を引いた。少し粘るが、精密射撃でなければ文句はない。

　ただし、軽い分、反動は大きく、撥ね上がった右手は額にぶつかるところだった。

「両手で射てば問題はねえよ」

　と林は取りなして、

「ただし、問題はワン・マガジン七発プラス薬室の一発――計八発射てるかどうかってことだ」

「何だい、そりゃ？」

「射ってみろ」

ひょっとしたら暴発でもするんじゃないかと左手で顔面をカバーしながら、太一は引金を続けざまに引いた。

弾倉分七発の六発目で銃が火に包まれた。

「うわっ⁉」

と放り出したそれへ、素早く消火剤のスプレーを向け、

「こうなっちまうんだ。何せ、液体シリコンを吹きつけた紙製なんでな」

と苦笑した。

「ペーパー・ガンか⁉」

太一は驚きを隠すことができなかった。

〈新宿〉――というより〈歌舞伎町〉名物の投げ売り武器（バーゲン・アームズ）である。

銃身、本体、発条（ばね）、安全装置（セフティ）などのあらゆる部品を原紙から切り抜き、それに硬化液（リキッド）を吹きつけて、一挺の拳銃からSMG、手榴弾（しゅりゅうだん）まで組み立てるのである。無論（むろん）、太一がやったように連射は利（き）かないが、数人の殺害には足がつかず、最適の仕掛けとなる。〈区民〉、観光客を問わず、〈歌舞伎町〉へ足を踏み入れた者ならば、音もなく忍び寄り、

「記念にどうだね？」

とささやく売人の記憶があるはずだ。〈新宿〉以外では不可能な技術的産物だから、弾丸なしで買い求める〈観光客〉も多いし、弾丸付きを買った殺し屋は、まず五分以内に使用済みの品を放置して立ち去る。

「これなら弾丸と消音器付きで五万」

「買った」

皺（しわ）だらけの札を上衣の内側に押し込んで立ち上がり、林はスーツケースを摑（つか）んだ。

先に部屋を出て、良が残った。何となく薄気味（うすきみ）悪い。そっぽを向いて、ペーパー・ガンをひねくり回していると、カチリと鳴った。撃鉄（ハンマー）を上げる音だ。

良が反動除去装置の付いたリボルバーを向けていた。

「おい」

「五万円で売った。取り返せば只になる。そして、また五万円で売れる」

「貴様らあ」

怒りが武器を良に向けさせた。射たれる、とは思わなかった。引金を引いた——つもりが指が動かない。

「おや、もう故障しちまったかな。悪い悪い。あんたが生粋の〈新宿〉生まれだったら、こうなるとわかっていただろうにな」

リボルバーの銃口は太一の眉間を狙っていた。

「あばよ、即席〈区民〉」

そして、何も起きなかった。

立ち尽くす良を、太一は呆然と見つめた。同じ運命に見舞われたのか？　いや、おれは右手の人さし指だけだ。あとは自由に動ける。

ドアが開いた。

反射的に右手を向ける。

そして、我を忘れた。

あらゆる音が絶えた。彼の耳が機能を失ったのである。彼は戸口の人影だけを見つめていた。そうするよう命じたのは、脳ではなく本能に近いものであった。いわば、美を感知する人間の証のようなものだ。

眠ってしまいたい、と太一は思った。それは人影を見た全員が抱く思いだった。そのまま一生、美しい夢だけを見ていたい。そうはいかなかった。

「はじめまして。お兄さんに頼まれて来ました。秋せつらと申します」

と影は言った。

「お、おれは——」

「真城太一さん——お兄さんと会っていただきます。僕は人捜し屋です」

「断わる。いや、今は駄目だ。その前にしなきゃならないことがある」

「事情は、深雪さんから伺っております。それは、僕が報酬を貰ったあとでなさい」

「う、うるさい」

銃口をせつらに向けた。

その姿勢のまま、太一の身体は自然に動いて、ドアを抜けた。廊下の右端の壁に林が貼りついていた。右手を懐に入れたままなのは、部屋へ入ろうとする人捜し屋を威嚇しようとして、良と同じ目に遭ったに違いない。

そう思いながら、太一の足は勝手に動いて、ホテルの外へ出ると止まった。

3

すぐにせつらが現われた。深更の闇が、人型にかがやいているようだ。

「ペーパー・ガンを?」

右手はこれも太一の意思を無視して上衣のポケットに突っ込まれている。

「ああ。五万もした。あいつのバッグをかっぱらって来りゃよかった」

声はちゃんと出た。

「弾丸が出ないのはまだマシです。暴発も多い。気をつけて」

「おれは兄貴となんか会わないぞ」

「今、連絡を取りました。あと一時間で、〈新宿〉へ来ます。〈四谷ゲート〉の前で会うことにしました」

「連絡を取った? こか〈新宿〉だぞ。どうやって〈区外〉へ連絡を取った?」

あらゆる通信は〈亀裂〉を越えられない。〈新宿〉の鉄則だ。

「この頃、〝中継屋〟というのが出来ましてね。電話一本で三〇分以内に〈区外〉に渡り、取り次いでくれるんです」

「うるさい」

右手を抜いて、せつらへ。

また指が動かない。

「あんたのせいか？」

「何とか」

「よくわからない。なんの真似だ？」

ここで気がついた。

「あんたにホテルを教えたのは誰だ？　深雪は何処へ行ったかまでは見当がつくだろうが、ホテルまではわかりっこないぞ」

「電話がありました」

「誰からだ？」

「内緒」

深雪から太一が〈区役所〉の浅井というゲスを仕留めに行ったことは聞いた。あとを追うべく廃墟を出たとき、携帯が鳴ったのだ。

若い女の声で、真城さんは〈歌舞伎町〉のホテルにいるとその名前を教えた。

〝あなたを雇える？　〈新宿〉一の人捜し屋さん？〟

〝残念ですが、真城氏については先約が入っております〟

〝なら、いいわ。その人が真城さんを捜しているの？〟

なぜか、

〝兄さんです〟

と出た。依頼人の素性を別の依頼人に教えるなど、せつらにはあり得ないことだった。

〝ならいいわ〟

女の口調に含まれた深い安堵を、せつらは感じ取った。

〝ちゃんと会わせてあげて――さよなら〟

その結果が現状であった。

「女って――誰だ？」

太一は首を傾げたが、思考はちっともまとまらなかった。せつらのせいである。

何とか考えを決めて、

「絶対に戻らない、と兄貴に伝えてくれ」

「ご自分でどうぞ」

「サービスが悪いぞ」

「その分、格安です」

「何処かで一杯飲りたい」

太一はひどく喉が渇いていることを知った。

「バーなら幾らでも」

せつらが眼を向けた先には、バーや飲み屋のチェーン店のネオンに飾られたビルが連なっている。

「いい店知ってる？」

「いいえ」

「行きつけ、ないのか？」

「ない」

「よくそれで生きてけるな。会社じゃ一〇軒は知ってなきゃ相手にされなかった。しかも、うち半分は銀座の一流店に限られる」

「恐ろしい世界です」

せつらの意見が本気かどうかはわからない。


「莫迦な話だろ？　仕事ができるだけじゃ生きていけない。行きつけの飲み屋の数と女の人数――もっと根本的なものがある。一杯飲れるかどうかだ。おれはアルコールが一切駄目だった。それが会社へ入って半年も経たないうちにアル中さ。人の言うことなんか、金輪際聞かなかった男が、上司に命令されたら、揉み手してヘイヘイだ。自分が変わってく。卑しく、忠実な犬になっていくんだ。一番の問題は、おれがそれを知ってることだ。今のおれを昔のおれがじっと眺めてることなんだ。そして、現在のおれにささやく。こんなことはやめなきゃならない、ってな。そんなときだ。あのプロジェクトの極秘データが手に入ったのは。おれはそれをコピーした。しちゃ危いぞと、もうひとりのおれが止めるのも承知したとも。だけど、これで現在の自分とおさらばできるという思いのほうが、ずっと強かった。おれはひとつの世界の運命をこの手に握ってるんだ」

太一はせつらを見た。あ？　と思ったが間に合わなかった。興奮のあまり希薄化に陥った恍惚が、ふたたび精神を絡め取ったのである。

「何でもいいけど——そこどうです？」

せつらが指さした先で、七色のネオンがせわしなく、

BAR あやめ

の文字を点滅させていた。

「——オッケ」

外見よりかなり広い店内には、客がいなかった。カウンターの向こうから、ママらしい濃い化粧の女と、初老のバーテンが笑顔を向けた。

隅のテーブルを選んで、カウンターのママに、

「水割り」

「シャーリー・テンプル」

ママとバーテンは勿論、太一もせつらの方を見ずに、胸の中でその名前を口にした。ハリウッドの往年の人気女優の名前を持つノン・アルコール・カクテルはレモン・ライム・ソーダをベースにグレナデン・シロップを加えた甘口だ。

太一が呆れて、

「恥ずかしくないのか？」

「出来ないのかな？」

とせつら。

「いえ、大丈夫ですよ」

ママが手をふった。虚ろな表情だ。涎を垂らしかけている。

「あなたのご希望でしたら、何だってお作りしますわ。ねえ？」

バーテンも黙ってうなずいた。

「凄いな、色男ってのは」

太一がしみじみと口にした。

「世界はおれのためにあるって気分にならないか？」

「別に」

「少しはなるだろ?」

「別に」

「ホントはなるだろ?」

「………」

「ほらな。そこまで自分のことに無関心な人間なんているわけがない」

ママがよろよろと、トレイを運んで来た。眼を閉じている。そっぽを向くだけでは、せつらの美貌の魔力に対抗できないのだ。

「お代わり」

太一が水割りをちびちびやる隣で、
ストローで、あっという間に吸い上げてしまったらしい。

「やっぱり、恥知らずだ」

太一が三杯、せつらが六杯空けたところで、

「そろそろ行こう」

せつらが立ち上がった。


「おれは文無しだぜ」

太一が両手を上げた。深雪の財布から失敬して来た金は、ペーパー・ガンの代金に消えている。

「経費で落とせる」

せつらが立ち上がると、ママが片手をふった。

「いいのよ、お金なんて、ねえ?」

「そ。奢りですよ、奢り。アルコールなんて三杯きりなんだ」

とバーテン。

「シャーリー・テンプル、バージン・ブリーズ、シンデレラ、プシー・キャット、ヴァージン・ピニ・コラーダ、コンクラーベ――アル中に飲ませたらひと口で地獄行きだよ」

太一は、軽蔑する前に、呆れ返っていた。

「どうも」

せつらはカウンターの二人に軽く頭を下げて微笑した。

ママとバーテンは、お互いを支え合って倒れるの

を免れた。まともな状態なら、こちらが払うと言い出したかもしれない。

「ん?」

太一が視線を戸口へ注いだ。

ドアが開いた。別におかしくない。客が入ってくれば、だ。

ドアを押すようにして入って来たのは、一頭の黒犬であった。精悍そのものの身体つき、獰猛この上ない両眼、凶暴を絵に描いたような牙の列——ドーベルマン——にそっくりだ。

「何だ、こいつ? 野良犬か?」

太一の実家は、シェパードを飼っている。気楽に前へ出ようとした身体が、急に止まった。

彫像と化した横で、秋せつらが、

「〈黒犬獣〉——道案内に来たか」

と言った。

「何だ、それ?」

石の地蔵が訊いた。せつらは続けた。

「ブルーノか? ジェンキンズか? あとひとり——誰だっけ?」

「ガンサーだ」

犬がしゃべった。地蔵はさらに硬直した。

「それだ」

せつらは納得した。自ら〈黒犬獣〉に変身する〈操獣師〉は、〈新宿〉でも三人しかいない。

「邪魔をする?」

続く沈黙は、せつらの声の美しさに魅了されたせいかと思われた。

「したくはないが、金が要る」

流暢な日本語だが、やはりアクセントはやや難がある。

「娘が嫁に行くのでな。それなりの物は揃えてやりたいんだ」

「ひとこと言ってくれたらいいのに」

「貸してくれるか?」

「駄目」

黒犬は軽く笑った。

「では、やむをえん。いつかこの日が来るとは思っていた。娘のために死んでくれ」

「そんな義理はない」

せつらが返答するや、ドーベルマンの首は床に落ちた。その首も身体も、一瞬で黒い泥塊に変わる。

「やた」

太一は呻いた。

せつらのグラスの中で、キューブアイスが崩れた。その音が合図のように、泥は犬の形を取った。妖糸ですら斃せぬ敵なのだ。

「どうやってここへ?」

とせつらが訊いた。廃墟からここへ来るまで、尾行された覚えはない。さすがに気になった。

「じきにわかる」

と黒犬は苦しそうに言った。舌を吐き出している。それなのにしゃべれるのは、発声器官を別にこしらえているのだろう。おそらく、全身が霊的物質で出来ているのだ。

イギリスのウェールズ地方には、人間の死を予言するかのように出現する「黒犬獣伝説」があるが、それとよく似て、遥かに凶猛そうな〈魔界都市〉版であった。

「〝道〟を作るぞ」

その口がかっと開くや、前方の床に身体と同じ色彩がぶちまけられた。身体がひと廻り縮んだのは、内臓の一部だったのかもしれない。

とび散ったものは、確かに液体であった。それは幅三〇センチほどの帯のように、太一の足下へ伸びて来た。

地蔵の身体が宙に舞った。黒い帯はその下を通過し、太一の椅子もくぐって、壁に達した。そして、さらに伸びたのである。

壁の奥へと流れる黒い帯を見て、

「〝黒犬の道〟」

とせつらはつぶやいた。彼の眼は同じく壁の向こうに流れ去るテーブルを映している。

怪物が敷いた道の彼方(かなた)に待つものを知る人間はいない。帰って来たものがないからだ。

犬がまた道を作った。ふたすじであった。

片方はせつらへ、片方は太一の着地点へ。

対抗策は——せつらも宙へ躍(おど)り、太一ともども空中に停止した。

〝道〟は方向を転じた。壁の一点に触れるや、壁面を駆け上り、そこから斜(なな)めに空中を走った。二人を支える不可視の糸をなぞっているのだった。

その先端が触れる寸前、二つの身体は何の予備動作もなく戸口へと飛んだ。

ドアの蝶番(ちょうつがい)は切り取られた。ドアごと地上へ下りた。同時に獣は三つに分解した。

きょとんとこちらを眺める通行人たちの前で、二人は天高く翔(と)んだ。

あっさりと三階建てのビルの向こうに舞い下りてしまう。

呆然とする太一を無視して、せつらはとび越えたビルに視線を注いだ。

獣は路面からせつらたちの方へ動き出した。あとには黒いすじが引かれている。

「やっぱり」

「どうするんだ?」

がんじがらめの太一が震えた声で訊いた。

「〈早稲田(わせだ)〉——いや、〈四谷〉か」

せつらの答えの意味は、どちらが近いかだろう。

眼前にビルが近づいていた。窓から人影が身を乗り出して、情勢の確認に励(はげ)んでいる。バーの客たちかホステスだろう。

「ごめん」

せつらと太一は三度(みたび)宙に舞った。

ビルの間を信じ難い速度で通過していく。前方のビルに新たな妖糸をかけて、振り子のように飛翔する秋せつらの魔術である。

「ターザンか、おれは!?」

太一は眼を剝き、眼を閉じた。

「も、もう大丈夫じゃないのか？」

「下を」

せつらが言った。

「えっ——えーっ⁉」

街路が見えた。

その上を黒い影が追ってくる。

「あの犬か⁉」

「そ」

その瞬間、地上へ落ちるような気がした。

第四章　〈新宿〉開発計画

1

「わっ!?」

　と叫んだ。

　左右の——いや、前方のビルの壁面を黒いすじが走ったのだ。〝道〟が。

「ご安心——つながらなければ大丈夫」

　せつらの言葉どおり、その動きは屋上に達したところで止まり、せつらターザンは悠々とその間を縫って、最後のワン・ジャンプ——一〇〇メートルもとび切って、〈四谷ゲート〉のかたわら——〈亀裂展望台〉の前に軽やかに着地してのけた。

「どどどどど」

　太一がどもった。どうするつもりだと訊きたいのである。ここまで来ても、敵は追尾を熄めない。

　せつらは〈展望台〉の先端に移動し、街の方へ向き直った。太一もひとりでにそうなる。

「どどどどど」

　まだ、どもっているうちに、日本語、英語、中国語等が入り乱れるバスターミナルの方から、黒い獣が地を這うように出現したのである。

「来たあ!」

　ぴたりと直った。そして、

「あれ?」

　と眼を細めたのも無理はない。ドーベルマンを思わせる巨軀が、スピッツ程度に縮小し果てているではないか。

「道路の敷きすぎか!?」

　思わず向けた眼の先で、せつらがうなずいた。身体の一部を妖道に変える魔力は、それなりの見返りを要求されるのであった。

　獣の足が止まった。

「苦しそうだ」

　とせつら。すでに彼の美貌と黒犬に気づいた人々が、遠巻きにしはじめている。

「もう逃げない――でも、状況は五分と五分。いいや、そっちの分が悪い。僕たちをここまで来させてしまった以上はね」

　これまでの状況も、現在の境遇も気にしたふうもない、のんびりとした声と言い廻しは、まさに春風駘蕩。しかし、獣の殺気に満ちた両眼は、激しく動揺した。

「わかってるようだね。〈おいでタイム〉だよ」

　サイレンが鳴った。

　せつらの左手は、車の往来がひっきりなしのゲートだ。背後は今も正確な深さがわからぬ大深淵――〈亀裂〉が口を開けている。

「僕も逃げ場はない。やめとく？」

　このひとことを、揶揄と取ったか、嘲罵と聞いたか、なお凶暴な瞳をせつらへ向けるや、黒い獣は地面に〝道〟を吐いた。

　それはせつらと虚無とをつなぐべく、その足下へと走った。

「わあ⁉」

　太一の悲鳴は、後方の防御柵を越えて、仰向けに落下するのを感じたからだ。

　だが、落下は一瞬――二人の姿はまたもや巨大な振り子のように弧を描いた。せつらの妖糸は二〇〇メートルの〈亀裂〉を越えて、〈区外〉の何処かに結びつけられていたのである。

　そこへ流れ寄る前に、太一は見た。間一髪でせつらと自分を取り逃がした〝道〟の端へ、〈亀裂〉の内側から伸びた青白い何本もの手が摑みかかるのを。

〈おいでタイム〉。〈亀裂〉の底へと無知な〈観光客〉や〈区民〉を引きずり込む腕は、時間を決めて出現する。今や〈観光客〉が〈安全地帯〉からそれを眺める〝名物〟アトラクションと化しているが、いつの間にか手招きを覚えた腕に導かれて、〈亀裂〉へと消えていく人々の数は、年間一〇〇〇人に上る。鳴り響くサイレンは、愉しい合図でなく、危険信号なのであった。

反対側の壁面を背に感じながら、太一は、黒い道が奈落へと引きずり込まれていくのを目撃した。

「犬だ！」

叫びが届いたか。〈展望台〉の縁から〝道〟に乗って落下する獣は、一瞬こちらへ顔を向けたように見えた。

小さな悲鳴が下方へと遠ざかって――消えた。

「とりあえず――一段落」

二人はもう一度、二〇〇メートルを振り戻って、〈新宿〉に帰還した。

あまりにも想像を絶した魔戦に加わった衝撃か、ヘナヘナとへたり込む太一のポケットで携帯が鳴った。

ぼんやりと摑み出し、耳に当てた。手は自由に動いた。

「はい」

と応じた。

〝おれだ〟

「兄貴!?」

せつらが、ちらとこちらを見た。

〝元気でやってるな。おれのことは気にするな〟

弱々しい口調だった。

「ど、どうしたんだ!?」

〝どうもしやしねえよ〟

声が変わった。腹の底から悪に染まったそれに、太一は凍りついた。

〝おれたちが預かってる。誰だなんて訊くなよ。情ってもんがあるのなら、おまえのディスクを渡してもらおうか〟

「…………」

凄まじい悲鳴が沈黙を破った。兄の絶叫だった。

「やめろ！　兄貴は関係ない！」

〝てめえの兄貴と生まれたときから、関係は大ありなんだよ〟

声の主は嘲笑った。

「どうすりゃいいんだ⁉」

〃明日の正午、〈市谷〉の〈自衛隊跡地〉にディスクを持って来い。ひとりでだ。誰か連れて来やがったら、生きた兄貴とは一生会えなくなるぜ。ディスクのコピーを焼いたりしても、同じこった〃

「わ、わかった」

〃よし。隣にいる色男を出しな〃

　知ってるのか、と血が凍った。この街は全く桁外(けたはず)れだ。とても、おれの手には負(お)えない、いくら巨大コングロマリットといえど、こんな街をどうにかできるのか⁉

　黙って、せつらに携帯を差し出した。

受け取った。こちらも眉(まゆ)ひとすじ動かさない。

「ほい」

　と出てから、沈黙を続け、

「どーも」

　と切るまで三〇秒ほどであった。

　無言で携帯を返し、

「さて」

　と言った。

「どうしよう？」

「あなた次第」

　のんびりした声が、太一の不安を消した。こういう人間でなければ、この街で生きてはいけないのだ。

「奴(やつ)ら、何だと？」

「この件から手を引いて、失(う)せろと」

　この瞬間、太一は足下の地面が崩れ、地の底に呑(の)み込まれるような気がした。それが、自分の運命に対する絶望ではないことに、彼は気づいていなかった。

「どうします？」

　せつらが訊いた。

「仕様がない。兄貴の生命(いのち)に代えられないよ。ああ、せっかくの儲(もう)け話だったのに」

「それはそれは」

この返事の主を見ようとして、あわてて中止し、

「あんた——この話を知りたくないのか?」

「はあ」

「本当にか?」

「はあ」

「少しは知りたいだろ?」

「いえ」

「正直にいこうや」

「だから——いえ」

「嘘つくなよお」

「仕事は人捜しです。それも依頼があれば」

太一は絶望的な表情を作った。

「とにかく、この件に関して、あんたはもう用済みだ。兄貴もどうなるかわからない。おれを連れて行くわけにはいかんぞ」

「用は済んでいない」

「あいつら、本気で兄貴を——」

ここで気がついた。

宝クジでも当てたような気分が、太一の表情を別人に変えた。

「待てよ、あんた人捜しだと言ったよな」

「はい」

「——なら、兄貴を捜してくれ」

「残念ながら、支払いの当てがない依頼は受けられません」

「当てはある!」

太一は思いきり胸を叩いた。

「ここにある。このディスクを〈新宿〉の首脳部に見せれば、ドルで千万、億だって夢じゃない。〈魔界都市〉の運命がこの中に入ってるんだ」

急にやめて、

「おい、変な気を起こすなよ!」

「夢かもしれない」

「夢じゃない」

また胸を叩いて、

「明日にでも〈区長〉にこれを見せる。前金は千万

単位だ。すぐに捜してくれ」

「しかし、僕が出ると兄さんを殺すそうです」

「じゃ、どうするんだ？」

　天地が逆転するような感覚が太一を捉えた。禍福はあざなえる縄のごとしというやつだ。

「人間、あきらめが肝心」

　と、せつら。

「お、おい！」

「依頼人の生命がかかっているのに、下手な小細工はやめておく」

「ちょ、ちょっと、本気か？　助けてくれ」

「じゃ」

　せつらも手を上げて太一に背を向けた。前方の観光客がへなへなと崩れ落ちる。

　自然と分かれた人垣の間を、世にも美しい後ろ姿が遠ざかると、太一はようやく、地面にへたばることができた。

「兄貴、待っててくれ。絶対に助ける——けれど——おれのほうにも都合があるんだよ」

　髪の毛を掻き毟ったとき、人の気配が前方に立った。

「見つけた」

　と深雪は軽い苦笑を浮かべてみせた。ぼんやりと見上げて、太一は、

「どうして、ここが？」

「〈新宿ＴＶ〉の中継車が見えるでしょ。一分前からだけど、あなたを捜してこの近くをうろついてたときに、携帯へ入って来たのよ。もう、間の抜けた面して」

「放っとけ」

「で、どうすんのよ？」

「何がだよ？」

「何があったかは知らないけど、あの人捜し屋さんと出くわしたのね。でも、別れちゃった。どういうこと？」

「うるさい」

「はいはい。いつもそうなんだから。捜しに来て損しちゃった」

「何だ、その言い草は？　うるさい。おれは考えごとをしなくちゃならないんだ。ああ、頭が割れそうだ。帰れ」

「一緒に帰ろうよ。家で考えたら」

「あんなとこ、もう知られちまってる。戻れるもんか」

「じゃあ、〝廃墟屋〟で新しいとこ探してもらおうよ」

「莫迦野郎。もう手が廻ってるわい。今度は、殺し屋どもが待ち構えてらあ」

「じゃあ、どうするのよ？」

　太一はまた頭を抱えた。

　その割に、解放するのも早かった。両手を叩いて、

「やっぱり、これしかない」

2

　翌日、太一は指定の時間に〈市谷〉へ赴いた。

〈自衛隊跡地〉は、言うまでもなく、六本木へ移転した防衛省の名残である。土地は売りに出され、何人か持ち主が変わったが、何故かみな早々に手放して、今は荒涼たる敷地のみが、空しく風雪を重ねている。

　正午である。

　土地を買収したうちの誰かが建てた門と壁の残骸をくぐって、太一は広大な敷地内へ入った。

　早朝から灰色に煙っていた空は、絹糸のような雨のすじを引いていたが、今や本降りとなって、前方の景色を蜃気楼のごとく歪めている。

　荒涼たる、とガイドブックにも記された土地だが、点々と施設のような影が浮かんでいるのは、巨大なトラクターやガントリークレーン、その格納

庫、それと工事現場の跡であった。

　六本木移転の前に、核戦争に備えた旧防衛庁が、〈市谷〉の地底深くに巨大な防空壕を掘り、侵攻する敵に対して最新兵器と軍事資金を隠匿したという噂は、今も〈新宿伝説〉のひとつだ。従って、妖魔悪霊の巣窟となった今でも、影も形もない宝物を狙う山師たちの訪問は絶えない。

　得体の知れぬコンクリートの廃墟が雨中の幻影のごとく現われた。

　国産とは思えぬ装甲車もどきが、半ば地中に埋もれている。盗賊団の成れの果てだろう。

　その奥に数個の人影が立っていた。どれも屈強な男たちだ。手にした複合自動小銃にふさわしく、戦闘服に身を固めている。これでいま〈区民〉の列に潜り込んでも、誰ひとり気にしないのが、〈新宿〉なのであった。

　彼らとの距離が一メートルほどに縮まったとき、

「止まれ」

　と先頭の男が旧式のＡＫ47を向けた。玄関の軒下なので雨に打たれてはいない。

「ディスクを出せ」

　と命じたのは、その後ろに立つ巨漢であった。山刀一本与えれば、一個中隊くらいはひとりで皆殺しにできそうな迫力を備えている。

「これだ」

　太一はジャケットのポケットからプラスチック・ケースを取り出してかざした。右手は拳を握っている。

「偽物やコピーの形跡があったら、おめえも兄貴もこの場で蜂の巣だぞ」

「わかってるよ。だけど、欲しけりゃ兄貴を出せ。断わっとくが、ケースには磁場がかかってる。手の中のスイッチひとつで、データは滅茶苦茶だぞ」

　それなりに凄んだつもりだが、声が震えてしまうのは性格だ。

　男たちは一斉に歯を剝いた。怒ったのではない。

嘲笑(ちょうしょう)であった。

「いいともいいとも。大した肝(きも)っ玉(たま)だな、お兄さん。今、会わせてやるよ」

巨漢が建物の方をふり返り、こちらへ来いと合図した。

二人の戦闘服姿が、血まみれの男を連れて現われる。突きとばされて、アスファルトの上につんのめった男は間違いなく、

「兄貴」

駆け寄ろうとした足下に連射が弾(はじ)けて、太一はのけぞった。

硝煙(しょうえん)立ち昇るAK47の銃口を真城英児の後頭部に向けて、先頭の男は、

「おれたちは金にならねえこたしねえ。おめえや兄貴を殺したって一文(いちもん)にもなりゃしねえんだ。欲しいのは、そのディスクだけさ。さ、足下へ置いて下がるんだ。兄貴は届けてやる」

太一は従った。

連れて来た二人が、兄――英児を追いたててディスクのところへ来ると、片方の男が拾い上げ、素早く銀色のチェッカーを当てた。

ピーという音が一秒ほど続いた。男がふり返って、

「異常なしです」

「よし、引き上げるぞ」

巨漢のひと声で、男たちは列に戻った。

「兄貴」

両膝(りょうひざ)をついたままの英児に駆け寄り、太一は、

「無事か？」

と訊いた。

「太一」

と兄は呻(うめ)くように言った。

「お、おお」

「早くこの街を出ろ。おれのことも――忘れるんだ」

「な、なに言ってるんだよ、兄貴？　しっかりして

くれ」

両腕を腋の下から入れて立ち上がらせようとした
――途端に、英児の両腕がひょいと持ち上がった。

きれいにつけ根から切断された腕を、ひえええ、
と放り出し、

「兄貴――!?」

叫んだ眼前で、英児の身体は数個の肉塊に分断さ
れて路上に転がった。

「あああ」

足下で、雨に打たれる生首が太一を見上げた。

「逃げろ」

こう言って、眼を閉じた。

太一の脳内に噴きこぼれた感情が、

「てめえら――」

このひとことに凝集されるまで数秒を要した。

男たちは、こちらを見つめていた。一斉に笑っ
た。

「あの電話のときが、解体作業中だったのさ。今まで生かしとくのに骨が折れたぜ」

「か、金にならない殺しは、し、しないって――そう言ったじゃないか」

「道楽だよ」

巨漢が腹を揺すってまた笑った。

「貴様らぁ」

太一は突進した。ひどく頭が痛んだ。

――頼むぞ
祈る気分だった。

「阿呆が」

男たちの銃口が上がった。

その側頭部に続けざまに黒点が開いた。反対側から噴出する脳漿と骨片は、花火のように見えた。

――Bマンだ!?

奇妙なボディガードは任務を遂行中なのだ。

これしかない、と太一が結論したとおりに。

ディスクを取り返せると思った。

巨体が背を向けて、建物の方へ走り出した。

「待てえ」

自分でも驚くほどの金切り声だった。夢中で追った。

――射て、おれを射て。そうすれば、Bマンがおまえを始末する。ディスクだって戻る
ベルトの背にはさんだペーパー・ガンを抜いた。せつらに狙いをつけて以来、使うのは初めてだ。

引金を引いた。

反動プラス疾走中だ。命中するはずがない。しかし、巨漢は右半身を捻るような形でのけぞった。

「当たった!?」

巨漢は黒い戸口にとび込んだ。一発がその後を追い、もう一発は壁の一部を粉砕した。

「待てえ」

ためらいもせず、戸口を抜けた。Bマンがいてくれる。矢でもレーザーでも持って来いという気分だった。

不意に足が沈んだ。身体が追随する。子供の頃、五メートルばかりの松の木のてっぺんから落っこちたことがある。下を見たまま足から落ちた。足首をくじいただけで済んだ。父から、眼を閉じなかったから足から落ちたんだと言われた。でなきゃ頭からだ。

地上と同じ床が見えた。ダン、と衝撃が足底から脳天までを貫いた。頭を抱えてうずくまる。痛みは脳の悪罵であった。

何とか収まってから、周りに眼をやった。

高さ二〇メートル、縦横一〇〇メートル――倉庫だと思った。しかし、何もない。

驚愕が全身を震わせた。二〇メートル落ちた下はコンクリートだ。頭痛止まりで助かるはずがない。巨漢がここへ逃げたのは、戦闘服の衝撃緩衝力に賭けたからだろう。

足音が鼓膜を揺すった。

遥か彼方の戸口へと人影が遠ざかって行く。

立ち上がり、よろめき、もうひとつよろめいてか

ら、ペーパー・ガンを向けた。追いつける自信はなかった。

　三発射った。

「あれ？」

　手応えが伝わって来た。足音が乱れたのだ。

「やた！」

　まだ揺れる身体を強引に走らせた。

　戸口を抜けたところは通路であった。豊富な光は、何処かにある発電器の働きによるものだろう。それは人知れぬまま、数十年の活動を続けているのだった。

　眼の奥で銃火が閃いた。

　天井のライトが砕け散った。

　巨漢は左側の壁にもたれていた。荒い呼吸が太一にも届いた。背中に何発か食らったのだ。防弾ベストはそこまでカバーしていなかったらしい。修羅場をくぐりすぎた連中が陥る落とし穴だ。

　巨漢がステヤーAUGを下ろした。最新型の自動小銃は指から離れて床に落ちた。

「おまえの実力じゃねえぞ」

　巨漢は苦笑を浮かべていた。

「ツキの問題だ。今日はおれよりおまえのほうがツイてたってだけさ」

「何でもいい。兄貴の仇は取るぜ。ディスクを返しやがれ」

「取りに来な」

　巨漢は両手をすくい上げるようにして、太一を挑発した。

　素手だ。こっちは武器がある。太一は大丈夫と判断した。

　前へ出た。

　巨漢がよろめいた。

　身体が強く壁を押した。

　そのどこかにスイッチが仕込まれていたに違いない。

　彼の身体は、すうと壁に吸い込まれた。

「うわ」

「あん？」

太一は壁に開いた長方形の戸口を見つめた。巨漢の様子からも、未知の場所と知れる。

「ひょっとして——防衛庁の隠し財産か!?」

胸が鳴った。

そこにも光は満ちていた。

いま出て来たばかりの倉庫と同じくらいの広大な空間に、おびただしい兵器が並んでいる。

戦車、装甲車、ミサイル車輛(しゃりょう)、大口径粒子砲、個人要塞、戦闘用ドローン、——どれも雑誌やTV放送、インターネットで見覚えのある兵器だが、どこか形状が異(こと)なる。

兵器庫の位置が、いま抜け出した空(から)の倉庫と重なっている奇妙さに、思いをはせる余裕もなく、その偉容に気を奪われているうちに、右方で空気がどよめいた。

あまり近くで視界から外れていたらしい巨大な影が、その頭部をこちらへ向けようとしていた。

身長三メートル強の人型兵器(ヒューマン・アームズ)——〝機械人〟であった。大型ミサイルにも耐え、時速六〇キロで疾走、拳の一撃はちっぽけなビルなどたやすく崩壊させる。ミサイル、レーザー砲等を装備すれば、まさしくコミック・ブックの戦闘ロボットの現実化だ。

一歩こちらへ踏み出した透明の頭部内に腰を下ろしている巨漢よりも、床を踏む足が無音だったことが、太一に理解させた。

無音の電子兵器——数百、数千のそれが、ステルス効果によってあらゆるセンサーを無効としつつ突撃してきたら、気づいたときは死のときだ。これこそが防衛庁時代に生み出された〝最新〟型なのだ。

〝機械人〟の右手がこちらへ五指をのばしても、太一は身動きひとつできなかった。

指にはレーザー砲が仕込まれている。

——Bマンでも無理だ
そう考えた刹那(せつな)、太一は左へ跳(と)んだ。

真紅の光条が室内を薙ぎ払った。だが、驚くべきことに、破壊は生じなかった。一〇万度の熱波を受けた戦車も装甲車も、あっさりと撥ね返してしまったのだ。自衛隊はまさしく盾と矛——矛盾する兵器を開発していたのだった。

兵器の間の道を、太一は奥に見える扉へと走った。よく見れば、あらゆる兵器が同じ方角に向いているのに気づいたことだろう。

頭上をビームが越えて、扉の横に命中した。そこは開閉装置だったに違いない。青い光がジグザグに走るや、鉄扉はゆっくりと上昇しはじめた。背後に〝機械人〟が迫っている。太一はその隙間に潜り込んだ。

今度こそ、動けなくなった。

眼鼻と耳とが伝える光景は、現実とは思えなかった。

床を踏み鳴らす足音、コンクリと鎖のぶつかる響き、そして、獣の唸り声。

そこにいるのは、一〇体を超す巨大な生物であった。装甲を思わせる黒光りする外皮、思いきり裂けた口腔からとび出す牙、うねくる尾、何よりも生身の両腕、生物の枠内に留まりながら、それを遥かに逸脱した生物たち。身長はどれも五メートルを超す。

怪獣だ。

太一は戦慄に揺らぐ思考を必死でまとめた。

——これこそが、防衛庁の〝隠し財産〟だ
生物兵器——いや、怪獣兵器こそが〝宝〟だったのだ。

何処かで警報が鳴り響いていた。逃ゲタゾ、逃ゲタゾ、俺タチノ作ッタ悪魔ガ逃ゲタゾ。

獣たちの首が、一斉にこちらを向いた。

太一ではない。その背後に。

〝機械人〟が迫っていた。

咆哮が倉庫をビビらせ、怪獣——いや、兵器たちは、凄まじい勢いで、こちらへと突進して来た。

3

その身体が数メートルで跳ね戻った。怪獣たちの足首には鉄枷(てつかせ)がはめられ、太い鎖が床とつながっていたのだ。狂乱が巻き起こった。

一頭の両眼が赤光(しゃっこう)を放つや、真紅のビームが隣の一頭を貫いた。そいつはのけぞり、何とか体勢を立て直すと、放射者に口腔から黄色い流体を吐いた。ビーム獣の身体は白煙を上げて溶けはじめた。この死闘が狂乱に輪をかけた。

数頭が戸口へと走り、引き戻されて、また走った。

このままでは?

太一を恐怖の予感が襲った。

獣たちがまた後退し——

切れる!?

切れた。

恐らく、彼らの突進は、生物としての機能を超えるパワーを備えていたのだ。鎖の製造者たちは、その限界を予想できなかったのだ。

——おかしい

こんなヤワな鎖なら、とっくにぶち切られているはずだ。今まで保(も)った理由はなんだ?

「わわわ」

背を見せて逃げようとする太一の前方で、戸口を抜けた、〝機械人〟のレーザーが怪獣を襲った。

わずかに表面を溶かしただけで、怪獣たちは〝機械人〟に激突した。

二〇トンを超す巨体が軽々と宙をとび、背後のミサイル車に激突した。

ミサイルが射ち出されたのは、このせいではあるまい。扉に向けられた新型兵器の砲口が、怪獣たち目がけて火蓋(ひぶた)を切ったのだ。

これは、怪獣たちよりも、扉の向こうに向けられ

た攻撃であったろう。

衝撃と熱が獣たちを後退させた。サイレンが鳴り響き、開いたばかりの扉が下りて来る。この兵器たちは、怪獣たちの脱出を防ぐべく、待機していたのだった。

だが、一頭の口から無数の球体が水泡のごとくに吐き出されるや、そのひとつに触れた装甲車は、たちまちそれに呑み込まれ、輪郭が、みるみる失われていった。最新兵器の合金すら溶かす溶解液であった。

——駄目だ
あきらめかかり、太一は戦慄した。こいつらを外へ出したらどうなる？　米軍の基地でも襲ったら、日米戦争の勃発だ。何をおいても防がねば。

奮い起こしたものは勇気だったのかもしれない。爆炎と閃光を背に、彼は巨漢の〝機械人〟へと走った。横倒しになったそれの頭部へ駆け寄ってなんとかシャッターを開けた。巨漢の姿はなかった。

「逃げたか？」

見廻しても無駄だった。それにしても体内に銃弾を残したまま、恐るべき体力といえた。

極めて不自然な姿勢でシートに坐り込むと、頭上からヘルメットが下りて来た。

操縦法がわかった。ヘルメットは人間の脳に直接情報を送り込む機能を備えていたのだ。

イメージだ。

立ち上がろうと思った途端、巨体はそのとおりに動いた。

扉へと歩き出す。動きは太一のイメージに従った。その滑らかさに、逃亡の誘惑は彼を襲った。これ一台あれば、〈区外〉の大銀行を襲っても易々と成功するだろう。

防衛軍の猛攻はなおも続き、怪獣たちはもとの棲処に足止めされたまま、扉は半ば閉じかかっていた。

何頭か身を屈めて、扉を肩で支えた。残りはその左右から踏み出そうと図る。

爆音が急に熄(や)んだ。

弾薬が尽きたのだ。

粒子ビームとレーザーのみが照射を続けていたが、怪獣たちは勢いづいた。

水泡が兵器を包んだ。

「危(やば)い」

太一は疾走に移った。逃亡の気は失せていた。

半ば身を乗り出した怪獣の身長は〝機械人〟より高い。

ジャンプしざま、拳を振るった。

三メートルも浮いた鉄の塊は、一万トン近いパワーを獣の顔面に叩きつけた。

そいつは大きく体勢を崩し、隣の支え役に激突した。ドミノのように倒れる向こうで、二頭が片足をこちらへ入れた。

間に合わない。レーザーに焼かれても前進は止まらなかった。

急に停止した。

眼に見えないロープに遮(さえぎ)られたかのように、獣は前進を阻(はば)まれ、その頭上に扉が迫ると、後退せざるをえなかった。

「やた」

つぶやく太一の前で、扉はふたたびその役目を果たすべく、つながった世界を分断してのけた。

沈黙が広がった。

〝機械人〟が両膝をついて動かなくなった。精も根も尽き果てた操縦者のイメージに従ったのである。

意識が遠ざかり——

気がつくと、病院の個室にいた。

かたわらの椅子(いす)にせつらが腰を下ろし、あれから三〇分後だと告げた。

「怪獣はどうした?」

「あの扉が防いだ」

「あんなもの——すぐ溶かされるぞ」

「だったら一〇年も前からそうなってる」

　せつらはこう続けた。

「奴らの逃亡を防いでいたのは、扉じゃない。扉に刻まれた呪文だ。外からは見えないけれど」

　太一は納得した。ようやく気分が落ち着いた。

「何処だい、ここは？」

「〈メフィスト病院〉」

「〈メフィスト病院〉だあ!?」

　太一はとび起きた。

「そんなに重態なのか？」

「単なる疲労」

　せつらの声は、相も変わらず春風のごとくである。今まで体験したすべてが夢のような気が、太一はした。

「そうだ！」

　現実が心臓を直撃した。

「ディスクは？　あのでかいのはどうした？――いや、あんたはどうしてここに？　手を引いたんじゃないのか!?」

「あれは嘘」

　ぬけぬけと言った。太一は呆れ返った。

「仕事は終わっていない。依頼人が亡くなられても、あなたは依頼人のご家族に引き渡す。ディスクと戦争屋は僕と無関係」

　太一は絶句し、

「でも、兄貴の女房は、おれと犬猿の仲なんだ。おれが顔出しただけで、熱湯をかけられる。しかも、兄貴が死んじまったとなると――。おれも殺されかねない」

「その辺は任せる」

　あ～あと、大きな溜息をついて、太一はがっくりと肩を落とし、

「それより、あんた――どうやっておれを救い出したんだ？」

「〈市谷〉にも行ってた」

「何ィ？　じゃ、兄貴の殺されるのを黙って見てた

のか？」

「兄さんは昨日殺されてた」

「そういやそうだ」

気力がとび去っていくのを太一は感じた。考えてみれば、凄まじい会話である。

「けど、おれを助けようとしなかったな」

「二〇メートル」

何もない倉庫へ落ちたときだ。脳震盪で済んだのは、この美しい若者のお蔭だとでもいうのだろうか。他にも意思を無視した動きがあった。それもまた？　それを疑っても口に出させぬ、魅力を超えた秋せつらの魔力であった。

「ひょっとして、あの怪物どもが最後に出て来るのを止めたのも、あんたか？」

「そ」

この若者なら、やりかねない、と太一はあきらめた。不意に、何もかも彼に打ち明けたいという衝動が腹腔に生じ、止める間もなく口から噴出した。


「聞いてくれ。あのディスクの内容なんだが、実は――」

「聞いても仕方がない」

せつらはにべもなく返した。

「とにかく聞いてくれ。その上で関心がないというのなら、もう何も言わん。兄貴の女房のところへ行く」

「聞いてあげたらどうかね？」

戸口で誰かが割って入った。

太一はまたも陶然となった。せつらに勝るとも劣らぬ美しい響きは、

「勝手に入るな、メフィスト」

せつらに驚いたふうがないのは、入室に気づいていたからだろう。

「ドアは開いていた。用心したまえ」

と白い院長は告げて、患者を見つめた。

「その話、私が伺おう。傍聴人はこの際、無視することにする」

「はあ」

応じたものの、一種の催眠術にかかったような気分であった。

「では」

メフィストが促した。太一はうなずいて唇を舐(な)めた。


〈区外〉最大の産業コングロマリット「四星グループ」が、〈魔界都市〉の〝再建〟を構想したのは、五年以上前に遡(さかのぼ)る。〈新宿〉を除くこの国の金融と経済をほぼ牛耳(ぎゅうじ)る一大産業グループにとっては、都内の一区を掌中(しょうちゅう)に収めるなど児戯(じぎ)に等しいと思われたが、内々(ないない)に送り込んだ調査団はひとりとして戻らず、半年後、ひとりが〈亀裂〉内の〈遺跡〉から発狂状態で見つかったとき、グループはいったん計画を断念したのである。

　だが、そのあとの公的データのみの検討によっても、〈新宿〉の経済的主権者となることは、グループに途方もない利益をもたらすと、世界に一台のコンピュータが保証し、その二年後、ついに本格的再建プロジェクトが開始されたのであった。

　その第一歩は――〈新宿〉一の歓楽街〈歌舞伎町〉の、あらゆる店舗の経営権を譲渡させること。

　次に、〈新宿〉の生命線ともいうべき〈妖体採取物〉販売権の譲渡。

　続いて、〈区外〉の企業がこれらの行為の裏に存在することを、〈区〉に認めさせること。

　――以上であった
　譲渡に関しては、〈区内〉の企業を買収の上で代行させ、グループは表面に立たない。〈新宿〉は〈区外〉企業の活動に対して、その規模、内容、人数、資本金その他の面で、厳(きび)しい条件を課しているのである。

　このような強硬策を支えるのは、ある種の妖物たちから採取される癌(がん)、心臓病、脳障害への特効薬と、貴金属を超える貴金属の力であった。

この小さな一区は、まさに世界を相手のビジネスをこなし、〈区外〉にもたらされる以上の貿易収入を享受しているのであった。

太一が入手したデータには、これらを「四星グループ」が掌握するための具体的な手段が細かく記されていたのだ。

聞き終えて、メフィストは、

「成程」

とうなずき、せつらは沈黙していた。

メフィストの問いにも、

「で、どうするね？」

「何が？」

素知らぬふりである。

「〈新宿〉が〈区外〉の企業の手に落ちれば、君も困るのではないかね？」

「誰が〈区長〉になっても、人は〈新宿〉へ逃亡して来る。捜索依頼者も」

「それを『四星』の息がかかった調査機関が代行するとしたら？」

「やれるものならやってみろ」

せつらには珍しく、激しい物言いだが、口調が春風だから、迫力に乏しい。

「妖物、悪霊の類は、目下、〈区〉のほうで抑えつけているが、『四星』は、それを遥かに上廻る大スケールで行なおうとするだろう。その結果がどうなるかわからんが、〈新宿〉らしさが衰退することは否めまい」

「きれいで清潔な〈新宿〉か――ぷっ」

噴いたつもりが口だけである。

「みんなそれをやろうとして挫折した。そのたびに〈新宿〉はより不気味で罪深い街になった。誰が手を加えても同じさ」

そのとき、備えつけのＴＶのスイッチが入った。〈区〉の緊急発表である。

三人の眼の先でテロップが流れ、アナウンサーの声がそれを誦読した。

「梶原〈区長〉の緊急発表であります。〈新宿区〉は〈区外〉の『四星グループ』による〈新宿〉開発計画を、検討の結果、了承いたしました」

誰も何も言わなかった。

沈黙を維持せよといわんばかりに——画面に馴染みの顔が現われた。

梶原〈区長〉であった。

第五章　計画倒れ

1

梶原の演説を聞いてすぐ、せつらは、

「またトラブル」

と言った。

「全く」

メフィストの冷厳(れいげん)な口調にも、うんざりしたような響きがある。

太一を病室に残し、二人は同じ階の応接室にいた。

「『四星』と手をつなぎ、〈新宿区〉大改造を実行する——よくもヌケヌケと」

怒っているのだろうが、そう聞こえないのが、せつららしい。だが、これを聞いたときのメフィストの表情に、一瞬、緊張に似た翳(かげ)が走った。せつらは淡々と、

「〈歌舞伎町〉の全面的改造を『四星』に任(まか)せる——〈区民〉のため。〝輸出品〟の生産と仲介を『四星』に全面的に委託する——〈区民〉のため。これだけで全面戦争になるぞ」

「間違いない」

メフィストは認めた。

「あの患者(クランケ)の努力は水の泡か。兄も無駄死にだな」

「だといいけど」

「ほう、現実とは違う何かを知っている？」

せつらの返事は、

「彼——普通？」

「いや」

とメフィストは応じた。

「君の伝えた情報が正確ならば、あの性格では、兄を殺害した者たちや、奪われたディスクに対して、激しい復讐(ふくしゅう)心と執着(しゅうちゃく)を持ったはずだ。彼はあとのほうが標準より遥(はる)かに低レベルだ」

「ふむふむ」

「『四星』と梶原と、どちらが強いと思うかね？」

「決まってる。何を考えているんだか」

「とにかく、早いところ、君の仕事を片づけることだ。彼はまた〈新宿〉へ戻って来るだろう。憎悪と執着に操(あやつ)られて」

　その執着を低いと告げたのは、メフィスト自身ではないか。

「そうしよう」

　珍しく素直なせつらであった。

「浅井くん」

　梶原に声をかけられても、浅井義弘はいい気分とはいえなかった。自分のしたことはよくわかっているが、他人の耳に入ったら、いつ暗殺されてもやむを得ない。〈区長室〉が、やけに狭苦(せまくる)しく見えた。

「ここだけの話だが、『四星グループ』では、今回の計画をもっと極秘裡(ごくひり)に、時間をかけて遂行(すいこう)するつもりだったらしい。つまり〈区長〉たるわしに何の相談もなく、〈歌舞伎町〉やその他を己(おの)が手に入れるつもりだったということだ」

「はあ」

「それが、かくも脆(もろ)く、結果的に〈区民〉のためになると、わしが判断しうる状態に納まったのは、君の情報操作のお蔭(かげ)だ」

「はあ？」

「我が〈新宿区役所〉の内務調査団は無能ではないぞ。今回の開発計画の内容を密告しようという申し込みを、君が個人的に封印し、『四星』へ密告したのはわかっている。『四星』は計画の漏洩(ろうえい)を知って、隠密裡(おんみつり)の根廻(まわ)しや土地買い占めを中断し、少しは真っ当な条件での交渉に方針を変えた。〈区役所〉としては欣快(きんかい)に耐えん。これも君のスタンド・プレイがもたらしたものだ。その功績は、現時点では想像もつかぬ膨大(ぼうだい)なものだ。従(したが)って、一切(いっさい)の報奨(ほうしょう)は与えられないが、わし個人の心付けとして、金一封を贈呈することにした。受け取ってくれたまえ」

「はあ」

とつぶやいた。その眼前のデスクに、派手なのし袋が放られた。

「取っておきたまえ、金五万円だ」

「ご、五万ですか?」

禿頭から怒りの蒸気が噴出したように見えた。浅井は卑しく唇を歪めて、

「〈区長〉のお言葉が事実ならば、不満ですな」

と言った。

「ほお。もっと銭を出せと?」

梶原は満面の笑みを見せた。浅井の顔を怯えが横切った。この〈区長〉が、欲深さでは〈魔界都市〉屈指の人材だと、思い至ったのである。

「いえ、それは――その」

あやふやな返事の間に、浅井は次に稼げる手を探したが、うまくいかなかった。脳は最善の策をこう切り出した。

「とんでもない。これで充分です」

「なら結構。辞表は二日以内に出すように」

「はあ?」

「それだけだ。三日目以降に所内で顔を見たら、即、〈保安部〉の手で処分する」

「そんな――服務規程によれば――」

「職員に明らかな非が認められる場合、その処分は、規定による手続きを無視して〈区長〉に一任される。ついでに言うと、退職金の額も、だ。君の場合は――ゼロだな」

「どどうして?」

浅井は、本気で青ざめた。

「無論、〈新宿〉の公務員として不適切な行為が露見したためだ。胸に手を当てたまえ」

五万円ののし袋を手に呆然と立ち尽くす浅井をじろりと見て、

「もう行ってよろしい」

梶原は宣言したものだ。

消沈というより憔悴しきった状態で浅井が去るや、入れ替わりとばかりに、陳情団がやって来た。

二名。

　無論、〈新宿〉ふうである。

「〈新宿〉特産物輸出協会」の会長は、

「こら、梶原。おのれ、ひとりで〈区長〉の椅子を手に入れたと思うなよ」

　と凄み、

「わしらから糧食の道ちょろまかして、『四星』の奴にあぶく銭貰おうなんてセコい真似、絶対に許さんぞ。本気で〈新宿〉の輸出業者つぶすつもりなら、あんた三日と生きてられねえと思え」

　唾と声をまとめて吐き捨てた。

「〈歌舞伎町〉繁栄グループ」の代表は、

「わしらの街に、〈区外〉のリーマンどもが、金も払わずのさばるのを、黙って見てろと言うのか、梶原さん？　〈歌舞伎町〉てやあ、〈区役所〉ぐらいひと呑みにできる妖物がウヨウヨしてるんだぜ」

　脅しのスケールがでかい。

「何なら、『振興会』の連中とつるんで、風俗嬢全員引き上げさせてやろうか？　観光客は一〇分の一になるぜ」

「まあ、そう言わんで」

　と梶原は弱々しく笑った。この笑いが曲者なのだ。二人の陳情団は顔を見合わせ、こちらも苦笑を浮かべた。梶原は言った。

「〈区〉としても苦渋の選択だったわけですよ。しかし、よくよく考えれば、いつまでも〈魔界都市〉の名の下に、四方と断絶してる時代じゃあもうない――〈区〉としてはこう判断したわけです」

「何が〈区〉として、じゃ？　おのれがこの件で一度も会議なんか開いてないのは、すべてお見通しだ。全部、おのれの独り芝居じゃないか。この糞〈区長〉――おのれひとりにいい目は見させんぞ」

　と「輸出協会」の会長が喚き、

「そうじゃ、何なら、うちの風俗嬢のピカイチを、おまえの家へ泊まり込みさせてもいいんだぞ。女房が夜のテクニック学べて、おまえん家は繁栄の一途だ」

「まあまあ」

と梶原は手を振ってなだめ、

「お二人にかかっては、この梶原もがんじがらめ。ここはひとつ正直に申し上げましょう」

デスク上のコンソールに右手をかざして、

「実のところ、『四星』の条件を呑んだとすると、〈区〉の収入はざっと一三倍になります。これは〈区〉のコンピュータでも間違いなしと出ました」

彼はインターフォンで秘書を呼んだ。言いふくめられていたらしく、何も言わないのに、二枚のコピー用紙を二人に手渡した。

そこは金儲け(かねもう)のプロ――ざっと眼を通すと、

「ふむ、悪かねえ」

「これならね」

うなずいてしまった。

「しかしよお」

と「〈歌舞伎町〉」は、上眼遣い(うわめづか)に梶原をねめつけ、

「あんたの懐(ふところ)にゃ幾(いく)ら入るんだ?」

と会長が訊(き)いた。

「いえ、ほんの一パーセント」

こう梶原が答えた途端、

「一兆円じゃねえか!」

「この腐れ外道(げどう)が!」

「〈歌舞伎町〉」が首を絞(し)めにかかり、会長が拳銃を突きつけた。

「〈新宿〉のこころを売って、一兆円のはした金か」

「恥知らずにゃあ、それなりの罰を与えねえとなあ」

紫色に変わった顔が、ぜいぜいと糸のような声で、

「……私の……〇・一パーセントで……いかがでしょう?」

一〇億円である。

二人は顔を見合わせた。

「いいや、許せねえ。金の話じゃねえんだ」

「何だよ、〇・一パーセントってのは？」

「ぐぐ。〇・一五」

　いきなり梶原に血色が戻った。

「いやあ、梶原さんの考えも何となくわかるよ」

「結局、〈新宿〉のためだよな。よしよし。これで円満に解決じゃ」

　二人が出て行くと、入れ違いに秘書が入って来た。

「どうしたね？」

「〈区長〉――私も『四星グループ』への委託は反対です」

「おい」

「多少のことは存じております。〈新宿ＴＶ〉にも知り合いがおりますけれど、どうしましょう？」

「幾らだ？」

「彼らの一〇パーセントでいかがでしょうか？」

「一億五〇〇〇万か――よろしい」

「ありがとうございます」

　秘書はドアを閉める寸前に、

「〈区長〉がこんな太っ腹だとは思いませんでした」

　色っぽいウインクひとつで、ドアを閉めた。

　長い溜息をついて、梶原は深々と椅子にかけた。

　インターフォンが鳴り、秘書の声が、〈課報課長〉の訪問を告げた。〈区外〉には決してない部署は二つに分かれ、〈区役所〉内はI課が。――II課は外部との交渉を受け持つ。

「内部でも、今回の決断に関しては、異論百出です」

　入って来るなり、I課長は切り出した。それが癖の、出っ張った腹の肉を両手で摑み、

「――で、これを表に出したら〈区長〉がお困りになるという情報があるのですか」

「幾らだ？」

　梶原は椅子を窓の方に回転させて、訊いた。

「矢吹さんの倍ですな」

「いいだろう」

I課長の眼が光った。梶原の性格は仕事柄知り抜いている。このど吝嗇野郎が、と思ったのだ。

「いつ振り込んでいただけるのでしょうか？」

「私の分が振り込まれてからだ」

「承知いたしました」

I課長が出て行ってすぐ、またも秘書が入って来た。

「私もあの方と同じだけいただきたいですわ」

値上げかよ、と梶原は腹を抱えて笑い出したくなるのを我慢した。

代わりに、

「いいとも――その代わり、ホテルの用意をしてくれたまえ。今夜――ダブルで」

「真っぴらですわ」

こう答えて、秘書はさっさと出て行った。

2

〈区役所〉内での出来事は知らず、外部から見れば無茶苦茶だが、一件落着であった。

せつらには、最後の仕事が残っていた。

〈区外〉へ連れて行くと告げるや、太一は冗談コロッケと喚き始めた。

要するに、自分に関してせつらの仕事はもう完了した。依頼人が亡くなった以上、君は無報酬だ。自分に関わり合っても意味はない！ さっさと解放し、新しい仕事につけ。

「お兄さんの遺族と連絡が取れるまで、この街に留まるのなら」

とせつらは条件を出した。監視役は巻きつけた妖糸が担当するにせよ、一日中連れ歩くわけにはいかない。

いいとも、と太一は認めた。『四星』と〈新宿〉

が手を結んだ以上、自分のデータは紙屑だ。もう狙われる心配はない。それじゃ。

かくて、梶原の演説の翌日、太一は〈メフィスト病院〉を去った。

とりあえず、〈新大久保〉へ行き、駅前の〝デイ・アパート〟を借りた。一日単位で賃貸可能な個室である。トイレもバスもキッチンも付いている上、ビジネス・ホテルの二分の一、カプセル・ホテルよりやや高めの値段だから、利用者は多い。唯一の問題点は――

管理人と契約後、太一は駅前へ出た。早速、それらしい連中が近づいて来て、

「いい麻薬あるよ」

「護衛用の妖物、買わねえか?」

「ペストルどうだ、ペストル」

訛丸出しの鳥打帽から、新しいペーパー・ガンを仕入れ、三日分の食料を買い込んだ上で、部屋へ戻った。彼には〈新宿〉へ留まる気などなかった。すでに野心も消え去った。兄の復讐などとんでもない話であった。

――おれには、こんな物騒な街、向いていないんだ。安全な文明圏でのんびり暮らしたい。何なら『四星』に詫びを入れたっていい
それが部屋など借りたのは、『四星』の暗殺部隊の残留を恐れてのことだ。

彼は裏切り行為に対する『四星グループ』の姿勢を知り抜いていた。自分にもう追撃する価値はない。だが、企業的復讐心とは会社の基本理念である。執念深さは企業のスケールに比例するといっていい。

暗殺部隊がなお彼を狙っている可能性は充分過ぎるほどだ。それでもせつらの下を離れたのは、Bマンとミチルの姿をした女ガードがついているからだ。

「あの色男――連絡がつくまでと言ったきり、戻って来いとも、こちらから連絡しろとも言わなかっ

た。考えてみりゃ何て呑気な野郎だ。おれは絶対に逃げるぞ。三日も我慢すりゃ、いくら『四星』でも、暗殺部隊を引き上げるだろう」

そして、彼は六畳のフローリングの上に大の字になった。ふと、今まで忘れていた疑問が頭をもたげた。

「それにしても――二人もガードを雇ってくれたのは、誰なんだ?」

考えてみると、生命がかかった最大の謎だ。

「ここを出て行ったらさよならか。心残りではあるな」

呑気なことを考えたとき、ドアが叩かれた。

誰? 訊きかけて間一髪、口をつぐんだ。せつらすら知らないアパートである。幸い、電灯もつけていない。だんまりを決め込むことにした。

ノックの調子は普通――勧誘員クラスだ。それでも心臓には悪い。

一〇回で熄んだ。太一はペーパー・ガンを握りしめた指から力を抜いた。

とりあえずドアと窓とをロックしてある限り、危険が身に及ぶ心配はなかった。妖物、悪霊が横行する〈新宿〉では、どんな安普請でも、最低限度の守り呪法と建築強度を維持している。知恵足らずの侵入者がガタガタやっている間に、レスポンス・タイム、三分欠けを誇る〈新宿警察〉が駆けつけてくれる。

携帯のキイをプッシュしかけた指が、突然、止まった。盗聴されたら、と考えたのである。こうなると、あらゆる可能性が生命を脅かし始めるが、太一はそれに気づかない。

ペーパー・ガンを握り直した。

ノックは熄んだが、いなくなったとは限らない。死霊悪霊ならなおさらだ。

ひい!?

心臓の悲鳴だった。

窓ガラスを誰かが叩いたのだ。

遮光カーテンを下ろしてあるからこちらは見えないはずだ――という問題ではなかった。ここは三階なのだ。ベランダなどない。

　ペーパー・ガンの狙いをつけた――といっても勘だ。一挺五〇〇〇円の安物には、照門も照星も付属していない。

　ノックは止まらなかった。

　おや、大きくなってきたぞ。

心臓の鼓動が耳朶を圧している。

　ノックが不意に止まった。

凄まじい衝撃波が押し寄せて来た。窓ガラスが爆発したとしか思えない。顔や手に当たるのはガラスの破片だろう。

　窓の下に黒い四足の影がこちらを向いていた。

〈黒犬獣〉であった。

「〈亀裂〉から出て来たのか?」

「途中で引っかかったのでね」

　獣が笑った。

「どうしてここが?」

「私の他に二頭――いや、二人同類がいる。彼らに、〈新宿〉中を走り廻ってもらったのさ。うち一頭――いや、一人が〝ディ・アパート〟へ入る君を見つけた」

「しかし……いくら何でも二頭だけで……〈新宿〉全域を……」

「我々の脚力を甘く見てはいかんな」

　獣が前へ出た。

「それ以上近づくと射つぞ」

　宣言したものの、武器は大きく揺れている。

「弾丸は効果がない。諦めたまえ」

「お、おれのディスクは持ち去られた。おまけに『四星』は〈区長〉と手を結んだ。もうおれに用はないだろ?」

「ところが、口を封じろと指示が出ているんだなあ。諦めてくれたまえ」

　獣の頭が下がった。

とびかかる姿勢だ。全身が発条（ばね）のように見える。

「やめろお！」

太一は引金（トリガー）を引いた。

拳（こぶし）の中で三度、紙製の銃把（グリップ）が躍（おど）った。当たったかどうかはわからない。四回目で暴発した。

顔面に熱波と破片が激突し、太一は意識を失った。

気がつくと、また〈メフィスト病院〉にいた。

せつらがそばにいた。かがやく美貌（びぼう）も少し呆（あき）れ気味であった。

「あんたが……助けてくれた……のか？」

「いや、ガンサー――獣は僕が始末する前に逃亡した。感じでは彼も攻撃を受けた」

Bマンだ、と思った。見えざるガードは、忠実に契約を守っているのだ。

「ボディガードがいるね」

せつらが見破った。

「ああ」

うなずく太一の眼が、せつらの顔を見つめた。

そして、何も訊かれないのに、Bマンとの出会いや、その技倆（ぎりょう）を告白してしまった。

「いいガードを雇ったね。でも――誰が？」

「それだ。皆目（かいもく）見当がつかない」

「その片方なら知ってる。〈新宿〉じゃベスト級のボディガードだ。一日三〇万単位だ」

「二〇〇万以上か」

「一週間？」

「そうだ」

「あなたの知らない相手が、ただで二〇〇万円をかけて生命を救ってくれた。〈新宿〉でも滅多（めった）にある話じゃない」

「おれもそう思う」

太一はぼんやりと言った。

「おれは自分を知ってる。他人が助けてやろうと思うようなタイプじゃない。ところが……。これは何かの間違いだ」

「ミスで二〇〇万」

せつらのつぶやきは、あり得ないと言っていた。

「おれも考えたよ」

太一は指を三本立てた。

「まず、何かの間違い」

と一本を折って、

「次は、おれの家族か彼女――前者は兄貴以外にいないし、女にはそんな金はない」

二本目も折って、

「残るは、おれに恩義――或いは借りがある輩。しかし、これも心当たりはゼロだ」

三本目を折って、溜息に変えた。安堵が混じっている。

「ま、いい目を見せてもらってるんだ。余計な詮索はやめとく。だが――また襲われるな」

「間違いない」

「『四星』がしつこいのはわかってる。だがな……」

と眉をひそめて、

「口を封じろと命じられたそうだ。おれの口にはもうしゃべることなどない。『四星』が〈新宿〉とどんな契約を結んだのか、今となっちゃ秘密なのはそれだけだ。ディスクの内容と何も変わっちゃいない。それなのに口封じか」

「ディスクの内容を記憶している？」

「ああ、一番肝心なところだけだけどな」

「自信あり？」

「ああ――いや、ちょっと待てよ」

太一の表情が変わった。拳をこめかみに押し当て、激しく揉み込んだ。

「思い出した。一カ所だけ、〝トップ・シークレット〟ってスペースがあったんだ。どうやっても、あれだけは開けられなかった。ただ、必要だと思えることは、他のデータで充分だったから、気にしないことにしたんだけど――あれか？」

「十中八九」

「おい、契約事項以上に重大な秘密って何だ？」

「不明」

どうでもいいのか、こいつ？　と太一は思ったが、睨みつけることはできなかった。『四星』も、それを解読したとは思っていないだろう。念には念を、というだけだ」

「それじゃ、おれはこれからずっと？」

太一の声は、泣き声に近かった。

せつらはうなずいた。

「ハンカチが要る？」

「いらねーよ」

と歯を剝いてから、

「どうしたらいいんだ？　Bマンは一週間の契約だし、ミチルに似たガードだって、次も守ってくれる保証はない。あんたは――」

「送ったら、サヨナラ」

太一は全身の力を抜いた。

「打つ手は二つある」

「本当か!?」

復活した。顔は希望に照りかがやいていた。

「そんなにあるとは思わなかった。一生恩に着るよ」

「嘘だ」

「ああ、そうとも。で、幾ら欲しい？」

「二〇〇万円」

「そんな金はない」

『四星』にふっかける」

「何だと？」

思わずせつらを見つめてしまい、太一は腑抜けになった。

「おれは秘密を知ってる。バラされたくなければ金を出せ――小学生だって、これくらいはやる」

「そんな手に引っかかるもんか」

「口封じしなくちゃならないほどのトップ・シークレットだ。それをバラされたら、『四星』の致命傷になりかねない」

「どうして、わかるんだよ?」

「大概の秘密なら、口封じの前に揉み消してしまう。『四星』は〈区外〉の行政と司法にあらゆるコネを持っている。それが、虫ケラ一匹無視できずに殺そうとアクセクしてる。致命的な打撃を受けるからだ」

「しかし、おれが見てないことくらい、ディスクをチェックすればわかるだろ」

「それが今回のポイントだね。ここは〈新宿〉だ。何でも起こる」

「――そうか、覗き見してから、わからないようドアを閉じられるってか――そうか」

太一は悲痛この上ない納得の表情を示した。

「確かにこの街なら、それくらいの芸当なんぞ、お茶の子さいさいの連中が集まってるだろう。けど、実際にトップ・シークレットなんざ知らないいんだ。なのに奴らは必ずまたおれを殺しに来る」

「悲観的な男だな」

せつらは少し感心したように言った。

「ひとつは、この街で鬼ごっこを続けることだ。『四星』は〈区外〉の何処も――世界中を支配しているといっていいが、〈新宿〉だけは手も足も出ない。だからこその開発計画だ。それを考えた奴は、〈魔震〉の翌日から出現したけれど、上手くいった例はひとつもない。死体が製作されただけだ。〈新宿〉は絶対に変えられない。国連だろうが、アメリカだろうが、EUだろうが、中国だろうが、この街の〈危険地帯〉へ入れば生きては出られない。逆を言えば、殺し屋はみなそこへ放り込んでしまえ」

「しかし、また次が来るぜ」

「また、同じ目に遭わせればいい。ここの住人の半分は、〈区外〉が嫌で越してきた連中だ。彼らの殲滅に幾らでも協力してくれるさ。そうやって一生逃げ廻ればいい。殺し屋を雇うにもお金はかかる。いくら試しても駄目なら、そのうち諦めるかも。それでも、すぐに落ち着いて暮らしたいというのなら、自殺するしかない。それが二つ目の手だ」

「それも真っ平だ」

「なら、もうひとつ」

「そんなにあるのか!?」

太一は何故か頭を抱えた。直視もできない美しい若者の言葉が、無性に怖かった。

「基本を押さえる」

とせつらは言った。

「まず、あなたを狙うのは、会社の方針だ。方針を決定するのは?」

「——重役会議だ、な」

「最終決定は?」

「会長だ」

と答えてから、眼を剝いた。

「おい——四星大三郎を?」

「そ」

初めて、太一はこの街が怖くなった。秋せつらというその代表者が。「四星」も殺人を平気で行なう企業だ。だが、それは殺人というより抹消に近い。対してこの美し過ぎる若者の言葉が意味するものは、身の毛もよだつ人殺しなのだ。

3

「しかし……『四星グループ』の総帥だぞ、おい」

虚ろな声が虚ろな頭の中を巡った。

「シャワーを浴びるときは、六四歳の爺さん」

本気で勧めているのか、せつらよ。

「しかし——いくら何でも……」

太一は頭の芯が空っぽになったような気がした。

その虚無の中で、

「ここは〈新宿〉」

世にも美しい声が落ちて来た。

誰だろうと、〈区外〉の地位と身分ごと貪り食われるところ。

誰も知っていることだ。今は太一もそのひとりだった。

　頭の中が熱くなってくるのを彼は感じた。禁忌を破るときに生じる現象だった。

「おれも、少しは〈新宿〉を知ってる——秋さん、絶対に逃げやしない。これから半日——自由の身にしてくれ」

「オッケ」

　せつらはのんびりと答えた。これから起きることを、知っているとでもいうのか、美しき魔人よ。

〈メフィスト病院〉を出て、太一は〈歌舞伎町〉へ足を向けた。

　午後六時。すでに、無鉄砲な観光客でごった返す街の空気は、麻薬とアルコールと外国語で満腹していた。

　中国のみならず、「全アジア経済連合」の強引な活動によって、アジア通貨が異様な高値を誇り、最近の〈新宿〉は、金切り声の巣だ。それでも、一日で一〇〇万単位の買物に狂奔する阿呆で大事なお客様だから、粗略に扱う商店は何処にもない。

　ただし——

「いないよ」

「消えたよ」

「食われたよ——」

　と中国、韓国、台湾語が入り乱れるのは、「禁止」の立て札が立つ横丁や路地に、行きがけの駄賃と足を踏み入れたり、おかしなバーやブティックや土産物店で、トイレや、試着ブースに入り、本当に消えてしまった仲間たちを捜し求める叫びであった。

　田舎者を食い物にする悪徳商店は〈歌舞伎町〉に限らないが、この街のは本当に食い物にされるから困る。

「そのうち、北京も〈魔界都市〉になるぞ」

　太一は〈ラブホテル街〉の裏にある風俗ビルのひとつに入った。

階段で地下へ下りると、廊下のいちばん奥に、
　呪術
と赤字で大書したドアが立っていた。

　ノックしようと右手を上げると、映画みたいに、蝶番の不気味なきしみを立てて開いた。そういえば、ドアの字も血のようだ。

　内部には、しかし、血文字の内容を納得させるような品は、ひとつもなかった。

　すぐ左手の壁にソファとウォーター・クーラー、右方の奥にスチールのデスクとその上のパソコン、パソコンの前に、背広にアスコット・タイを巻いた中年男が腰を下ろしている。

　パソコン占いなど珍しくもないが、太一に向かって、にやりと笑い、

「高望みをしたもんだ」

　と立ち上がり、握手を求めて来たのには驚いた。右手だった。一般企業での会見に近い。相手も中堅の部課長クラスの雰囲気だ。

「私は、田中明だ。正直、具体的なことはわからんが、大物狙いもいいところだね。頸動脈が破裂しそうだよ」

「あの、水晶玉とか星位図とかないんですか？」

「ああいうものは、低レベルの術使いの小道具でね。本当に遠くが見通せるアフリカの原住民に、眼鏡をかけた奴がいるかね？」

「そりゃまあ」

「私の知り合いで、視力自慢の奴は、アンドロメダ大星雲の彼方まで見通して、恒星間宇宙船用の星図を作っている。ＮＡＳＡによく売れるそうだが、ま、それはいい。君の考えてる幼稚な小道具は、私の場合、全身の諸器官が代行する。君の用件を見抜いたのは、視床下部表面にあるこの黒子だ」

　と指さし、

「名前は真城太一、二五歳、中野区出身。兄は英児、先日死亡。犯人は――あいつか」

「あいつって――どうして？」

「透視は左手の平が担当する」

こりゃ本物だと思った。

「あいつって——教えてくれないか？」

「それは別料金になる。少し高いぞ」

「幾らでも払うよ」

男——田中は、じろりと太一を見た。

「ただし、カードになるけど」

「現金オンリー」

「あとで必ず持って来る」

「なら、そのときで」

太一は唇を噛んだ。

「やる気満々なのはわかってるが、これは殺人だ。本気でやるつもりなら止めはしないが、一応言っとく。やめといたほうが無難だぞ」

田中は苦笑を浮かべた。太一は眼をそらして、

「あんたなら、〈区外〉の人間でも自由に操れると聞いた。それもごく自然にだ。『四星グループ』の総帥——四星大三郎さ。一両日中に、〈新宿〉へよこしてくれ」

「それは超大物だな」

とは言ったものの、驚いたふうはない。

「そうとも。けど、あんたならできるだろ？」

「そう思うか？」

「ああ。四星大三郎の名前を聞いても、半ば冗談みたいに笑ってる。もっと凄まじい依頼を受けたことがあるんだろ？」

「山ほどな」

「なら、頼む」

「高いぞ」

「何とでもする」

田中は金額を口にした。

「それは——今は無理だ」

「明日はないぞ」

「そこは話し合おう」

「おまえは中々いい男だな。お袋好みだ」

「え？」

無意識のうちに、幾つものイメージが閃(ひらめ)いた。

七〇近い老人斑(ろうじんはん)だらけの老婆、しなびた乳房、たるんだ腹、欠けた歯並み、それにのしかかって、正常位で励(はげ)む自分。

「初めての例じゃない。安心したまえ」

田中に肩を叩かれ、やっぱりなと思った。

「後払いじゃないのか？」

「残念だが、逆だ。それくらいおれの術は効く。知ってて来たんじゃないのか？」

「いや、そうだけど」

「なら、今払え。できなきゃ、お袋に会ってもらう」

「――それで何をしろ、と？」

「言わなきゃわからんか？」

「想像力がなくてね」

「なくても済むさ。来たまえ」

田中はドアの方へ歩き出した。廊下へ出て、

「地下は全部、おれが借りてる」

二つ先――左側のドアをノックした。

静かに開き始めたドアよりも、間口を広げていく空間を不気味に感じた。

明かりは点(つ)いている。

先に田中が、入った。新しい戸棚や鏡台が配置された奥に、大きなダブル・ベッドが据(す)えてある。真っ赤な塊(かたまり)が乗っていた。

「母さん――支払いに来たよ」

田中が声をかけると、塊がふり向いた。

女だというのは、髪の毛でわかっていた。年寄りだというのは、その髪の白さでわかっていた。

七〇すぎの骨と皮の婆(ばば)あ？

骨と皮は正しかった。婆あというのも合っている。だが、七〇どころか、これでは一〇〇超えではないか。

「あら……いい男」

声の中を風が吹き抜けていった。前歯が数本抜けっぱなしなのである。身の毛がよだった。赤いのが

ネグリジェだとわかった途端、太一は失神しかけた。

「しっかりしろ。人のお袋を何だと思ってやがる」

田中に抱き上げられ、ベッドへ運ばれるまで、太一は、嫌だと叫びつづけていた。一切、口からは出て来ない叫びであった。


「気の毒に」

〈新宿〉のどこかで、世にも美しい声が、のんびりとつぶやいた。


零時過ぎに、せつらは〈新大久保駅〉前のバーへ入った。

バーテン、ホステス、スタッフ全員が夢うつつ状態に入った。

カウンターについて、

「サザンシーブリーズ」

ジンジャーエールをベースにしたノン・アルコール・カクテルだ。バーテンはさすがにプロで、恍惚状態に陥っても、おかしな品は作らない。

ホステスのひとりが、ついたばかりの客の席を離れて、せつらの隣に来た。客も文句を言わなかった。

「前に――〈歌舞伎町〉で見かけたわ」

ホステスは虚ろな声で言った。

「どーも」

「それと――昨日、〈メフィスト病院〉にいたでしょ。そのときに一緒にいた人――彼も見かけたわ。三日前だったかな、前の店へ来たの」

「――前の店？」

〈メフィスト病院〉で一緒にいたのは太一しかいない。

「ね、一杯飲んでいい？」

「いいよ」

女はハイボールを頼んだ。

「乾杯」

とグラスの縁を合わせて、ひと口飲った。

「前の店って？」

せつらが重ねた。

女は眼を閉じて、

「そんなに見ないでよ。明日、病院へ行く羽目になるわ。――二丁目にある『ラ・ノビア』ってお店」

〈歌舞伎町〉では古いバーだ。真城太一らしい人物は、せつらも名前だけは知っている。

状態でやって来た。このホステスは付かなかったが、新人が相手をした。

「陽気な娘でね。名前はアヤ。いつもよくしゃべるのに、このときは大人しくしてたわね。お客さんに付いていても同じ。ま、相手が酔っ払って、べらべらしゃべってたから放っといたんでしょ」

「どんな話を？」

「聞こえなかったわ。ずっと盗み聴きしてたわけじゃないし。あの店へ来た正体も不明の酔っ払いの末路は、あなたもわかるでしょ。彼が出てくとすぐ、バーテンのタケちゃんがあとを追って行ったわ」

せつらは、頬に人さし指で斜めにすじを引いた。

「そ。丸裸にされるなと思ったけど、時間になったので、あたし帰り支度をはじめちゃったのよ。店を出るときは、タケちゃんも戻ってたわ。ほんの一〇分でよくやるわ」

「もうひとりのホステスも？」

「ええ」

「『ラ・ノビア』、まだある？」

「あたしがやめたときは、まだ無事だったわね」

「やめたのは昨日？」

「そよ」

「どーも」

グラスの中身を半分以上残して、せつらは店を出た。

その身体が止まった。

店は路地の一角で、狭い通りは大通りへ続いていた。

その交差地点で、四本足の影が地を踏みしめていた。

第六章　逃亡者たち

1

月が出ている。月光の路地に殺気が漲った。その源が両眼を赤く光らせ始めた。周囲の空気が急速に冷えていく。夜空の何処かで、〈消防隊〉か〈新宿警察〉のヘリの爆音が聞こえた。

別の店から出て来た客が、ひい、と洩らして引っ込む。

せつらが小首を傾げて、

「ブルーノ――じゃなさそうだ」

「そうだ。ジェンキンズという」

獣の口が、かすかに動いた。達者な日本語であった。

「二本足のときに会った」

とせつら。

「嬉しいね。こんなエクセレントな男に覚えててもらえるなんて。水割りをおごると言ったら断わられた」

「意趣返し？」

「おれたちはビジネスマンだ。そんな個人的感情で儲けをフィにするつもりはない。今夜は生命を貰いに来た」

「僕が死んで得するのは、『四星』の連中じゃなさそうだ。もう少し待てば、縁が切れる」

「待てねえんだろうよ」

獣は舌舐めずりをした。

「何にせよ、こっちはありがたい。この姿は不死身だ。おまえのおかしな糸も通用せんぞ」

「自信過剰」

せつらの口調は、ときに聞く者の神経を逆撫でする。今のような場合は特にだ。

獣の感情は炎となって両眼から噴出した。

つつ、と数歩進み、数歩小走り――跳躍！

空中で裂けた口の中身も炎の色であった。

せつらは空中にいた。

世にも美しい影と、獣の描く軌跡が交差した刹那、獣は縦に裂かれて路上に激突した。

見下ろしもせず、せつらは大きな弧を描いて駅の方へ跳んだ。月に影が灼きついた。

着地したのは駅前の通りであった。

「げっ⁉」

とのけぞる通行人へ、

「犬が出た」

「えっ⁉」

と混乱の極みを顔に乗せるのは、太一であった。

「お帰り」

「お帰りって——どうしてここにいるのが——天から見てたのか？」

別れたときに巻きついた妖糸の存在も魔法も彼は知らない。

「逃げろ」

言うなり、二人は空中に躍った。

「いい月だ」

せつらの言葉に、何言ってやがると睨みつけ、その横顔と月とをまとめて網膜に映し、太一はこのまま墜落してもいい気分に陥った。

それでも必死に、

「何処へ行くんだ？」

「ヘリに訊いて」

「え？」

恍惚とふさがった耳の中に、ローターの旋回音がとび込んで来た。

何してる？　人がぶら下がってるぞ、と言い交わす声も一緒だ。

「どこまで行くんだ？」

「適当に下りるよ」

「え？」

せつらはちら、と下を見た。〈魔界都市〉の夜を彩る光は、世界の何処よりも美しいと、ある詩人が言った。

「そろそろいいかな」

「え？」

　しばらくの間、落下感はなかった。気がついたとき、二人はひと気のない街路の上に立っていた。太一が眼を白黒させたのは、数百メートルの高さから落ちて、衝撃ひとつないからだ。

　彼は奇妙なことをせざるを得なかった。

　眼を固く閉じて、しげしげとせつらを見つめるのだ。

「あんたは——何者だ？」

「〈区民〉」

「嘘だ」

「はは」

「ここは——何処だ？」

「〈大京町〉の廃墟」

「安全なんだろうな？」

「〈最高危険地帯〉」

　太一は眼を剝いた。他にできることはなかった。

「おい、それは——」


「正直、〈黒犬獣〉との戦い方は、まだわかってない」

「それとここと、どう関係するんだ？　さっさと出よう。まだ死にたくないぜ」

「漁夫の利を狙ってる」

「はン？」

「そこの瓦礫の陰に隠れて」

　と指さし、？マークだらけの太一が、渋々とでも従うと、コートの内側から、何やら小さな瓶を取り出し、中身を足下に撒いた。

　酢に似た臭いが雲のように立ち込め、すぐに消えた。

「僕の臭いはこれで消える。後は別のものが、別の臭いに引かれてやって来る」

　ここで欠伸をひとつしてから、廃墟の外へ眼をやった。

「おや、もう」

　黒い帯が漆黒の通りからこちらへ折れ、寄って来

圧巻！『仮面病棟』の著者が放つ、初の本格警察小説

あなたのための誘拐

知念実希人

さあ、ゲームを始めよう。

警察を嘲笑(あざわら)った誘拐殺人犯(ゲームマスター)、再び。
因縁の警視庁特殊班(SIT)元刑事がリベンジに挑む！

■長編ミステリー
■四六判ハードカバー
■本体１８５０円＋税

978-4-396-63505-3

迫真の法医学ミステリー・シリーズ 待望の第2弾!

ヒポクラテスの憂鬱(ゆううつ)

中山七里

The Hippocratic Melancholy ―― Nakayama Shichiri

全ての死に解剖を――

普通死と処理された
遺体に事件性が?
修正者(コレクター)を名乗る人物の
ネットへの書き込みで、
県警と法医学教室が大混乱！

■長編ミステリー■四六判ハードカバー
■本体1600円＋税

978-4-396-63504-6

WOWOW　連続ドラマW
『ヒポクラテスの誓い』
主演：北川景子
〈全5話　第1話無料放送〉

四六判

978-4-396-63467-4
■四六判ハードカバー
■本体1600円＋税

文庫判

978-4-396-34210-4
■祥伝社文庫
■本体670円＋税

るのを、せつらの眼は捉(とら)えていた。

「それじゃ」

声も美貌(びぼう)も闇に溶けた。

二つの赤点が近づいて来た。見えない姿が、

「逃げたか。しかし、臭いは覚えている。〈区内〉の何処にいてもわかるぞ」

英語だ。その体毛が揺れた。風である。獣の前方に、ビニール袋のような半透明の塊(かたまり)が転がって来た。

獣が右へのいた。何を感じたものか。

また風が。

袋が転がって来た。

風の流れと異(こと)なる動きであった。

獣が低く唸(うな)った。敵意の中に恐怖が混じっていた。

袋が、人懐(ひとなつ)っこい動きですり寄って来た。

ひと声唸って、獣が牙(きば)を剝いた。片方の前足が袋を押さえ、残りがずたずたに引き裂く。

何を怯(おび)えたのか、獣にもわからなかったに違いないほどあっさりと、袋は裂き破れた。

「何だこいつは?」

と洩らした。

「うす気味の悪い奴(やつ)だと思ったが、何てこたあねえ。見てくれどおりの奴だったな。〈最高危険地帯(モースト・デンジャラス・ゾーン)〉へ入ったのは初めてだが、今じゃ〈安全地帯(セフティ・ゾーン)〉の間違いじゃねえのか」

短い悲鳴が獣をふり向かせた。

瓦礫の向こうから、太一がとび出し、地面に転がった。

「誰だ、首を撫(な)でたのは⁉」

瓦礫に叫んでから、はっと身をよじった先に、獣がいた。

その足の下から黒い帯が太一へと延び、途中で止まった。

「おおい、秋せつら」

彼は野太い日本語で叫んだ。〈最高危険地帯(モースト・デンジャラス・ゾーン)〉

と知る前から無謀もいいところなのは、圧倒的な自信ゆえだろう。

「仲間はもうひとりいる。おれやガンサーと違って、闇討ち不意討ち騙し討ちが得意な奴だ。いま〝道〟を付けたら、そいつは、もうおれたちから逃れる術はない。観念して出て来い。二人ともひと嚙みで頸動脈を裂いてやるよ」

「それはどうも」

声は背後でした。獣には五感を凌ぐ第六感——超知覚が備わっていた。それをたやすく無視した存在とは？

大きく左へ跳びのきつつ、獣は身をひねった。その首が舞い上がったが、落ちたのは、泥濘のごとく溶けた胴の真ん中だ。たちまち同化し、ふたたび獣の形を取る。

その顔面を半透明の袋が包んだ。

いや全身を。

破れてずたずたにされた袋であった。

〈最高危険地帯〉の主たる証を示すかのように、それは不死身の〈黒犬獣〉を窒息させ、ビニール状の体内で分解を開始した。獣の牙と前足は、器用に膨縮するその皮膚を捉えることさえできなかった。

獣がガス状に変わると、袋はそれを排出し、新たな獲物へと転がっていった。

太一とその前に立つせつらへと。

「またね」

二人の身体は垂直に跳び上がった。

その足下へ、生ける袋が肉迫する。

垂直上昇はいつか水平飛行に移る。そのときが危険だった。

軌跡が弧を描く。その瞬間、袋は二人を包む——その一部に小さな円が口を開けた。

貫通弾に何か特殊な薬でも塗布してあったものか、袋は激しく身をよじらせてから、その塒へと落下していった。

着地点は住宅地帯の通りであった。

「よくもまあ、これだけ気楽に空を飛べるな」

太一は、地上にへたり込んでしまった。

「色々なものを見たし、色々な経験もしたけど、こんなのは初めてだ。勘弁してくれ」

「〈黒犬獣〉はあと一匹いる。僕たちの臭いは伝達されてるはずだ。地上とその接触物の上にいる限り、奴からは逃げられない」

「けど、いつも空の上にいるわけには……」

「おびき出す。餌はあなた」

「え？」

「今も助けてくれた。ガードは二人いる」

「そうか！」

太一も気がついた。

「それより――」

せつらは太一を見た。

あわてて眼を閉じ、太一はうなずいた。

「四星大三郎――夜が明けたら、〈新宿〉へ来る。何故か、ガード付きかはわからないそうだ」

「田中明のところ？」

愕然となった。

「〈区内〉から外部へ〝操人術〟を使える術師は多くない。いちばん名前を知られてる、素人向けだね」

「素人で悪かったな」

「しっかりやりたまえ」

「おい、手伝ってくれないのか？」

「僕の仕事は、君を兄さんの遺族に引き渡すことだ」

「おれがしくじったらどうする？　死体を渡す気か？」

「最悪そうなるけど」

太一はぞっとした。せつらは続けて、

「――大丈夫だ。Ｂマンがついてる」

「他力本願はよせ。協力しろ」

「Ｂマン」

せつらは念を押すように言って、

「それと、もうひとり」

「――ミチルちゃんか」

「そ」

自分は計算に入れてないらしい。

〈旧区役所通り〉を〈職安通り〉の方へ上がったところに、一軒の花屋が絢爛たる色彩に照明を当てている。

その裏はもう〈ラブホテル街〉であった。

その一室を、五人の男たちが訪問したのは、黎明が東の空を染め始めた頃であった。

誰ひとり足音をたてず、天井の監視カメラにも映らない男たちは、目的のドアから少し離れたところで足を止め、ひとりがスマホの画面に眼をやった。

「どうだ?」

別のひとりが訊いた。

「ロックは――ほう、一〇〇〇もかかっている」

「五秒で解け」

「了解」

革手袋をはめた指がスマホのキイに触れたとき、左のこめかみが脳漿を噴いた。

「うおっ⁉」

短いひと声だけが、続けざまに倒れる三人への祈りだった。

生き残り――いかにもリーダーという感じの長身が両手を上げて、

「『四星』の統括渉外部長――崎山だ」

と低く叫んだ。応答はない。死の予感が崎山を包んだ。

「急用があって来た。受けてくれれば、一億円になる」

心臓が凍った。

「二億――五億円」

「隣の二〇二を開けて入れ」

今の今まで言葉を交わしていた部下たちの死体を

崎山は見下ろした。

「こちらで処理する――入れ」

ドアには鍵がかかっていなかった。

ダブルベッドとテーブルとソファ――奥はバスルームとトイレ。平凡なラブホテルの一室だが、見守る相手の気分ひとつで処刑場と化すことに、崎山は気づいていた。いきなり四人だ。何て街だ、ここは？

「ここへ入れてくれた以上、話し合いの余地はあると思っていいな？」

天井へ眼をやって訊いた。

間を置いて、

「君がガードしている真城太一――彼から手を引いてほしい。それで五億になる」

「契約済みだ」

「五億だぞ」

「帰還者なしにしてやろうか」

応じようとして崎山は、口をつぐむことになった。

「金で動くなら、希望額を言いたまえ」

崎山はベッドの方を向いた。ノッポといってもいいスーツ姿が立っていた。銀縁眼鏡がぴたりと似合う能吏の顔つきには、不思議な貫禄があった。

「社長!?」

眼を丸くする崎山へは一瞥も与えず、男はこちらも天井へ眼をやり、

「四星大四郎だ。父は〈新宿〉訪問の準備を整えている。いくら止めても聞く耳持たんので、家の地下に入れてある――出て来てはくれまいか」

大四郎の額に青白い輪が広がった。投じられたライターは後頭部から抜けて床にぶつかった。

「電子像で失礼する」

ここにいない社長は、うすい唇を苦笑の形に歪めてみせた。

2

「断わっておくが、顔を見た以上、おれの要求は蹴(け)れんぞ」

声が言った。

「〝妖術射撃〟——というらしいね。覚悟はしているよ。生まれたときからね」

とまどったような沈黙が落ちた。

「私はお袋の子宮に入って三ヵ月目からの記憶を保っているのだ。最初のも覚えている。ああ、いつか死ぬんだなあ、と」

さすがに驚愕(きょうがく)の気配が伝わって来た。崎山も初めてらしく眼を丸くしっ放しだ。

「お袋の中から出るときにはもう、胆(きも)がすわっていた。三ヵ月目から死ぬ死ぬだ。覚悟も決まるさ」

「〈区外〉にも変わった奴がいるな」

ノブの廻(まわ)る音は、バスルームのドアがたてた。

グロックの最新型を手に現われたのは、Bマンであった。左手にはライフルを提(さ)げている。

名乗ってから、

「金額を聞いて話を聞く気になった男が、気取っても始まらんな。一〇億で魂(たましい)を売ろう」

「感謝する」

大四郎は頭を下げた。

「君さえ手を引いてくれれば、真城を守るのは秋せつらという人捜し屋(マン・サーチャー)ひとり。しかも、プロのガードでないとすれば、後は簡単だ」

「やっぱり〈区外〉者だな」

Bマンの声に笑いが忍び込んだ。

「何が？」

「人捜し屋と聞いて、秋せつらと聞いて、平気で口にできるのが、無知の証拠だ。彼がついているなら、おれはお役ご免と観念していた」

「——しかし……人捜し屋と」

「〈新宿〉の人捜(さが)しは、〈区外〉のへっぽこ探偵とは訳が違うぞ。この街で生きる者は、赤ん坊でも戦う準備がいるんだ。やあ、どーもどーもで人捜しなんざできると思うなよ」

「それほどの相手か——となると」

大四郎は眼鏡に手を当てて、

「あと一〇億で、新しい仕事を請け負ってもらえんか?」

崎山が、はっと社長を見つめた。

「良かろう」

返事はすぐに来た。

「感謝」

大四郎は、もう一度頭を下げた。

携帯を取り上げた。〈区外〉から連絡員がやって来たらしい。

「私だ」

すぐに表情が変わった。

「わかった。後は任せる」

携帯を納めた大四郎へ、

「大事のようだな」

とBマンが皮肉っぽく言って、こう続けた。

「父親が逃げたか」

「ご名答」

大四郎はこう応じて拍手した。この社長も神経の出来が〈新宿〉向きかもしれない。

四星大三郎の環境に変化が生じたのは、昨夜の深更からである。

勤めて三年になる二七歳の家政婦が、大三郎の寝室へ忍び込み、彼を襲ったのである。

ベッドの中で何が起きたかは当人たちにしかわからない。一時間ほどで女は誰にも知られず家を去り、その後、大三郎も何とも淫らな表情で身支度を整え、運転手に車を出せと命じた。

奇禍を感じた家人が駆けつけると、

「恵美が〈新宿〉でわしを待っておる」

と家政婦の名前を口にした。その口調、その眼差しを怪しんだ家人は、大三郎を下ろし、大四郎に連絡を取った。「四星グループ」を率いる総帥の異常は、片々たる兆候といえど、その行動を阻止せよと大四郎から命じられていたのである。

それ以降、大三郎はガード付きで、地下室に軟禁状態でいたが、三〇分ほど前に脱出し、自らハンドルを握って麻布を出奔したという。ガードによると、大三郎に呼ばれてふり返った際、バランスを崩して転倒、頭を打った挙句に気を失ったものである。

大三郎の言葉から、行く先は〈新宿〉だと、ガードたちが急追したものの、ロールスロイスは〈四谷ゲート〉を渡った後であった。

「真城の仕業に違いない。Bマン、せつらを殺せ」

大四郎の要求に、射手はうなずいた。

「引き受けた。ただし、値段が上がるぜ」

「どうして?」

「〝妖術射撃〟は一度顔を見れば、どんなに離れていても、標的が弾丸を通さぬベトンにでも隠れていない限り、仕留めてみせる。逆にいうと、顔を見て記憶しなきゃあならん」

「当然だ」

「おれの仕事の中で、何度やってもしくじった相手が二人いる。ドクター・メフィストと秋せつらだ。あいつらの顔だけは何度見ても記憶できんのだ」

大四郎の眼が針のように細まった。

「――あんまりいい男なんでな。記憶からとんじまうのさ。人間の脳は、その機能を超過するレベルの美貌は、留めておけないそうだ」

「――それほどの……」

「通常射撃も、顔の見えない位置から狙わなきゃならない。万にひとつ、眼でも合ったらそれでおしまいさ。元に戻るには最低半月はかかる。どうしても〝妖術射撃〟をというなら、術を変えなきゃならない。それが値上げの理由だ」

「真城を殺すならいいが、父の生命がかかっている。金に糸目はつけん。今日中に仕留めてくれたまえ」

「やってみよう」


〈四谷ゲート〉を渡ると、四星大三郎は、ロールスロイスを〈歌舞伎町〉へ向けた。ベッドを離れるとき、恵美がこうささやいたのである。

「〈歌舞伎町〉の『ライラック』というお店で待っています」

車を眼についた駐車場へ入れ、通行人に尋ねると、すぐに見つかった。

CLOSE
の看板が下がったドアを開くと、一五坪ほどの店内に、恵美と若者が待っていた。

「誰だ？」

「真城太一です」

反抗社員の顔など知らない大三郎の眼前に、ペーパー・ガンが突きつけられた。大三郎は知らないが、新品である。

「会長――申し訳ありませんが、お生命頂戴します」

「よし、いいとも」

老人は大きくうなずいた。眼を丸くしたのは太一である。

「い、いいんですか？」

「いいとも。ただし、この女――恵美を抱くまで待ってくれ」

「やだわ」

三年の間、実直に勤めた家政婦は、別人のように妖しいしなを作った。自分が昨夜から操人の妖術にかかっていると、知らぬままなのだ。

「でも――昨日は、とっても良かったし。ご主人様、こんなところで良くって？」

「おお、何処でもＯＫだ」

「ね、あなた、テーブルをくっつけて」

ねっとりと要求され、太一は、おおと応じて、テーブルを動かし、即製のベッドを作った。

「ご主人さま」

かける声も淫蕩に、テーブル・ベッドに乗った恵美は全裸であった。

大三郎も手際よく同じ姿になって、立ちすくむ太一にウインクをひとつ。素早く後を追った。

たちまち繰り広げられた愛欲の春宮図が、どれほど露骨で濃艶なものであったか、大三郎をその場で射殺する決意を固めていた太一が、一分ともたずに、店をとび出してしまったのである。

ドアを閉めても、隙間から充分に熱い喘ぎが細く長く洩れて来る。

「えーい、くそったれ」

とペーパー・ガンを握りしめたとき、

「当てが外れた」

とせつらが現われた。

太一に事情を聞いて、

「会長におかしな術にかけられた」

と言ったが、笑う様子もない。

「どうして射たなかった？」

のんびりと訊いた。

「いや、いきなり呑まれちまって」

「大物過ぎたか」

「かもしれない。新入社員のときと暮れと新年の挨拶を遠目で見ただけだ」

「3Dじゃないのか」

「いや、本物が出て来た。少しでも社員と一体感を作り上げるためだと言ってな」

「変わった会長だ」

「全くだ。それで、今がこうだ。どうにも射てそうにない。あんた代わりにやってくれないか？　礼はする」

「どうやって？」

「会長を脅して巻き上げる」

「それができるなら殺せる」

「――そうだよな」

しみじみと溜息をついたものだ。

「やっぱり――頼むよ」

「やだね」

せつらはにべもない。

「あーあ」

とドアにもたれかかるのへ、

「ここまでやったら、後は時間との勝負だ。『四星』のほうが、ぐんぐん力を増してくるぞ」

「頼む」

「やだ」

「あーっ⁉」

悲鳴に近い女の叫びがドアを突き抜けて来た。

「向こうは片をつけた」

とせつら。

太一は口をへの字に結んだ。

「よし。おれも負けんぞ」

ひとつうなずき、ドアを開いた。


恵美はテーブルの上で意識を失っていたが、大三郎は床へ下りて身支度を整えていた。太一を認めて、

「いやあ、楽しんだ。あと二分もすれば、再戦オッケーだ」

「何がオッケーだ。兄貴はおまえのために亡くなった。殺されたんだ。おまえもそうしてやる」

「まあ、待て。事ここに至っては、引金を引くなどいつでもできる。ほんの一、二ミリだ」

「うまく立ち廻って、死ぬのを延ばそうなどと――」

「思わん思わん。うちは、どうも生命を失うのが怖くない家系でな。みな子宮の中では生と死に思いを馳せていたせいだろう」

「子宮の中で？　思いを馳せる？　何のことだ？」

太一はいら立った。

「まあいい。ところで一杯飲らないか？」

「おい！」

大三郎は構わず、カウンターへ向かい、載っていたグラスをひとつと、棚のウイスキーを手に取った。

「水はないが、まあ良かろう」

グラスに半分も注いで、きゅううと空けてしまった。太一は茫然としている。

「こりゃ失礼したね、真城くん。付き合ってくれたまえ」

もうひとつのグラスにこれも半分注いで、カウンターを滑らせてよこした。

太一が手を出す前に、ぴたりと彼の前で止まった。

「驚いたか。これでも、学生時代はバーテンをしておってね。見せられないのは残念だが、シェーカーを振らせれば、ちょっとしたもんだったよ」

空のグラスに、今度はなみなみと注いで、ぐいぐいぐいと空けてしまった。

太一はじっとグラスを眺めていたが、ひと口飲ると、すぐにカウンターへ置いた。

紙の武器の銃口が上がった。

大三郎はグラスを上げて、

「案外、いい死に方かもしれんな。ただし、一発で決めてくれ」

太一は動けなかった。してはいけないことをしているような気がした。

早く酔いが廻ってくれ、と思った。

それは、いきなり来た。

かあっと頭が熱くなった瞬間、引金を引いた。

握りが甘かったらしい。弾丸は天井へ向かい、拳銃は彼の手を蹴とばして跳躍した。

「あ」

それを大三郎が掬い上げたのを見ても、これしか出なかった。

「わわ、わわわ」

気がつくと、床に尻餅をついて、その上、後じさっていた。

「た、助けて。う、射たないで」

「いいや、射つ」

大三郎がウインクした。

銃口が跳ね上がった。

3

せつらが入ってきたとき、大三郎はペーパー・ガンをいじくり廻し、太一は尻餅のまま、カウンターを見上げていた。

酒瓶の口が、弾丸の数だけ吹っとんでいる。

「敵は二人」

紫煙を立ち昇らせる銃口を太一とせつらに向けて、

「弾丸も二発」

数えていたらしい。

「だが、これ以上射つと、ドカンといく恐れがある。ほれ」

太一に放った。彼はそれを受け止めたが、どうすることもできなかった。桁が違いすぎるのだ。

その大物が、ぽかんと口を開け、全身を弛緩させているのを見て、彼は驚いた。

「なあ、君」

大三郎は、息も絶え絶えに話しかけた。

「うちは、NYの『アクターズ・スタジオ』も傘下に置いている。そこで修業して……いや……ハリウッドのMGMとパラマウントとユニバーサルへ話をつけよう……初主演で世界デビューだ……『四星グループ』が全面的にバックアップするぞ。俳優になりたまえ……いやいや……歌手でもいい。ジャズ・プレイヤーでもいい。君を見れば、咳払いひとつで、天上音楽だ。世界中が失神間違いない。うちに面倒を見させてくれ」

「そういう話じゃないんで」

せつらは、ペーパー・ガン片手の太一を見下ろし、

「Bマンの契約期限が来た?」

「いや。まだだ」

「なら、裏切った」

「え？」

「あなたが射たれそうになったのに、助けようとしなかった」

「いや、前にもあった。射つ気がないとわかったんだ」

　せつらは大三郎へ、

「殺す気だった？」

　と言った。

「ああ。射つ寸前、気が変わったがね」

　太一は、二人を見比べて、まず、せつらへ、

「どうしてだ？　どうして裏切った？」

　答える代わりに、美しい人捜し屋は大企業家へ、

「おたくの買収の平均額は？」

「プロなら一億。相手の値打ちに応じて一〇〇倍、万倍も厭わんが」

「納得？」

　訊かれて、太一はああとうなずいた。

「〈新宿〉でも金か」

「人の世さ」

　とせつらは言った。大三郎がうむとうなずく。

　そのとき、激しくドアが叩かれた。

「はぁーい」

　と応じたのは、全裸の恵美だった。眼醒めたばかりらしい。

　叩音は熄まなかった。見えない糸がドアをふさいでいることは、ひとりしか知らない。

「とぼけやがって」

　誰かが喚くや、

「ぶっ壊せ」

「よし」

　と応じるや、
　ドアノブが吹っとんだ。ショットガンの一撃を食らったのだ。

　とび込んで来たのは、どう見ても暴力団員であっ

た。六人いる。二人がショットガン、後は素手だが、上衣の脇は危険なふくらみを示していた。

「どなた？」

大三郎が訊いた。

「マスターは何処だ？」

「いませ――」

素早くテーブルから下りて、衣類で前を覆った恵美が答えかけたとき、

「おれだ」

せつらまで大三郎を見つめた。

「おめえが？　前のマスターはどうした？」

「今日は風邪で――」

恵美にみなまで言わせず、

「彼は店を売ってやめた。おれが買い取ったのさ」

男たちは顔を見合わせ、ひときわでかいのが、

「ここ三カ月、賛助金が不払いだ。この際、おめえがマスターってことにしよう。三〇万――今すぐ払いな」

いきなり、大三郎がのけぞり、笑い出した。太一が絶望的な表情で眼を閉じた。大三郎は涙を流しつつ、

「何だ、おまえら、いい図体して、月一〇万の取り立てに日々を過ごしておるのか。そういうのを無為徒食――或いは時間の無駄という。いいとも、一〇〇年分まとめて払ってやろう」

「何ィ？」

いちばん横丈の長いのが、大三郎に歩み寄って胸ぐらを掴んだ。

恵美の悲鳴が上がった。

大三郎が男の手を下から軽く叩いて、あっという間に逆を取ったのだ。

「ぐたぐた時間を無駄にするな。わしは四星大三郎――『四星グループ』の総帥だ。いま車から現金を取って来る。待っておれ」

逆を取った男を鮮やかに宙に舞わせて、店を出て行った。

「野郎」

ショットガンナーのひとりが、でかい銃口をその背へ向けて引金を引いたが、指は動かなかった。それどころか、全員——金縛り。

大三郎は、アタッシェ・ケースを手に戻って来た。蓋を開けた途端、詰まった札束を見た途端、やくざたちは息を呑み、持ってけとケースごと押しつけられるや、見えない縛めは解かれて、そそくさと姿を消した。

「おしまい？」

とせつらが、ドアの方を向いたまま訊いた。大三郎は首を振った。

「いい金づるを見つけたんだ。手放すとは思えんな。何が起きても、何もするな」

言い終わる前にドアが開いた。

男たちが手に手に武器を閃かせて帰還した。

「おっさん——一緒に来な」

先頭の男が、ワルサーを突きつけて叫んだ。

「今、調べた。まさか本物だとはな。久しぶりに震えが来た。『四星』の稼ぎを全部吸い取らせてもらうぜ」

「他の彼らはどうする？」

大三郎が三人を一瞥した。

「用がねえのに、生かしといても無駄だ。顔も見られてるしな」

「人殺しが好きらしいな」

「『四星』のトップが何ぬかしやがる。うちの組にも、おめえの会社に家も土地もかっぱらわれたって若いのが何人もいらあ。親は自殺したとよ。さ、来やがれ」

前へ出た男の身体が、三〇センチほど低くなった。膝から下は、一歩後ろに残っていた。剣の達人が見たら、惚れ惚れするような斬り口から鮮血が噴き上がった。

「伏せろ！」

大三郎の一喝と同時に、凄まじい爆発が男たちを四散させた。

爆風と衝撃波が駆け巡った後で、四人は立ち上がった。

太一と恵美が、金切り声を上げて、付着した肉片を払い落とす。

アタッシェ・ケースには、只では奪られない仕掛けが施されていたのだ。

「さすが実業家」

せつらには、血の一滴も届いていない。神が美しさを汚すなと命じたかのように。

「それほどでも」

大三郎は肩をすくめて見せた。

せつらはにこりともせず、

「笑顔が可愛い」

「よく言われる」

「どうする?」

せつらが太一に訊いた。

「どうにも」

身体の中身がとび去ったような返事であった。

「帰っても良さそうだな」

大三郎が大きく伸びをした。

せつらのこめかみが裂けた。棚の瓶が砕け散る。

「〝妖術射撃〟だ。僕の背中へ隠れろ」

指示して弾丸の飛翔方向を向いた。

自分を知っているというのが、これほど意味を持つ男も世にいまい。

続けて二発――見事に外れた。

熄んだ。

「とうとう来たか」

大三郎が、溜息をつき、立ち上がった。

「身内?」

せつらが訊いた。それ以外、大三郎の所在が〈新宿〉だと知る者はいない。

「そーなるな」

「長男?」

「多分。これまでにも何度かあった」

「ご主人——石頭ですねえ」

恵美がうっとりと大三郎を見つめた。

「急所にはすべて複合スチールのガード・プレートが嵌めてある。弾丸や刃では殺せんよ」

「Bマンめ、殺しも受け持ち始めたか」

せつらは静かに言った。

「でも、どうして後のが外れたの?」

恵美が不審そうにせつらを見て、ヘナヘナと坐り込んだ。

「あ。わかった」

「この調子だと、〈新宿〉を出るまで狙われ続けそうだ」

大三郎は、せつらの肩を叩いた。

「ひとつ——ガードマンになってくれんかね?」

「これから〈ゲート〉をくぐるまで?」

「いや、しばらくここにいることにした」

「えーっ!?」

太一が眼を丸くした。

「前から〈新宿〉という街の経済的価値について、この眼で確かめたいと思っていたのだ。これはいい機会だと思う」

「ガードの話は断わる」

「そう言うな。真城くんに手を出さないようにしてやろう。礼も充分する」

せつらは自分を指さし、

「人捜し」

ふーむと考え、

「では、裏切り者を見つけ出してもらおうか? 勘だが、奴は必ず〈新宿〉にいる。一〇〇〇万プラス経費でどうだね?」

「規定報酬で結構」

「欲がないわねえ」

恵美が呆れた。しげしげと見てしまい、あららららとよろめいた。

「当然、君も一緒だ。真城くん」

「は?」

「兄さんが死んだと言うが、私は無関係だ。殺せなどという指示は出していない」

「わかってます」

　太一は疲れたように言った。

「けど、兄は『四星』の殺し屋にやられ、おれも狙われてます。すぐ、おれを狙うなと、担当に命令してください。おれもそれで手を打ちます」

「いや、やめておこう」

　大三郎は邪悪な笑みを浮かべた。

「君も私に付き合いたまえ。元はといえば、君の愚(おろ)かな野心が起こした事件だ。それがどんな結果をもたらすか、その眼で確認するのもいいだろう」

「良くないですよ——秋さん、早いとこ兄貴の遺族を捜してくれ」

「君は知らんのか？」

「知りません」

「なら、私と付き合うのに、何の問題もなかろう。ははは、珍道中になりそうだな」

「ね、あたしも行っていい？」

　恵美が訊いた。

「いいとも」

　大三郎がクライアントの強みを満面に刷(は)いた。


「しくじったか」

　四星大四郎は、右肩に手を当てて揉(も)み始めた。

「だが、チャンスはある。親父の性格なら、多分、せっかく来た場所を見物もしないで帰りはしない。ましてやここは〈新宿〉だ。今回の契約内容をその眼で確かめようとするに決まっている。おかしな形になったが、これも『四星グループ』が渡らなければならない大河だ。喜んで足を踏み入れよう」

　彼は窓から外を眺めた。

　ここは何処なのか。眼下に広がる街の中には、確かに〈区役所〉や高層ホテル群の屋上が見えた。

　この地に振り下ろされる大『四星』の鉄槌(てっつい)から、どう身を躱(かわ)す、秋せつらよ？

第七章　老会長放浪記

1

「〈歌舞伎町〉繁栄グループ」の代表・大垣丹治会長は、その日の午後いちで訪れた矍鑠たる老人の顔を見て眼を剝いた。

「ほ、本物だ⁉」

憧れのスーパー・ヒーローと対峙した少年の叫びに近い。

「名前をかたった莫迦のタカりかと思ったら……まさか……」

インターフォンに向かって、おい、お茶だ。いちばんいい奴を持って来い。失礼があっちゃならねえ。莫迦野郎、ガードどもは撤退させろと喚き散らし、それから気がつき、大あわてで椅子を勧めた。

「どーも」

相手は返事も腰の下ろし方も貫禄たっぷり。ここでようやく大垣はひと息つけた。

「四星大三郎です」

アクの強さなどかけらもない、温和そのものの好々爺は、深々と頭を下げて、途切れ途切れの大垣の挨拶をきちんと聞いてから、

「今日お伺いした理由はですな、当方の『〈新宿〉開発計画』について、忌憚のないご意見を伺いたい」

「いや、キタンも何も――わしらは〈区長〉から話を聞いた上で承認しましたんで、何の問題もありません」

大三郎は眉を寄せた。温厚な雰囲気はそのまま、

「実はこの件に関して、私は蚊帳の外でしてな。すべて社長以下のスタッフに丸投げしておったのです。ところが、少々トラブルが持ち上がりまして」

グループの入ったビルの外で、真城太一が大きなくしゃみをした。

「――その結果、関連データに眼を通したところ、プロジェクトとしては、どうも腑に落ちない。そこ

で、老骨に鞭打って乗り出した次第で」

「いえ、とんでもない」

大垣は夢中で手をふったが、動揺が収まっているのは、はっきりと感じられた。

「とにかく、うちのグループは全員一致で納得を――」

どん、と来た。精神に凄まじい衝撃を与えたのは、恐怖の塊であった。

四星大三郎は、やや上眼遣いに彼を見つめ、

「そうですかな」

と言った。それだけであった。〈歌舞伎町〉の世話役を凍りつかせた〈区外人〉は、両手をテーブルの上で組み合わせ、静かに、獰猛そうな顔を見つめた。

「こちらへ向かう前に、〈区役所〉のコンピュータにアクセスして、今回の条件を徹底的に分析しました。その結果、理不尽との判断に達したのです。我がグループによる『〈歌舞伎町〉改造プラン』への出資総額は一二〇兆円ですが、それによる経済利益は〈歌舞伎町〉からの収益だけで、優に倍を越えます。要するに、我が社は〈歌舞伎町〉の権利を、半値で買い取ろうと画策したのです。私が関与せぬプロジェクトとはいえ、一企業の代表者として、このような理不尽を許すわけにはいきません」

傲然と言い放った老人を、大垣は呆然と見つめた。狂人を見る眼であった。

「けど、今の条件は、おたくにとってえらい得なんじゃないんで？　欲しいものが半値で手に入るんですぜ」

「会社は得しても、私は許しません。一方が理不尽に利益を得る商取引は、いつか必ず白日の下にさらされ、不当な利益を得たものは処罰される。それが現在のビジネスです」

「そらまあ――そうだ。しかし、会長さん、ここは――」

「〈魔界都市〉――〈区外〉の常識は通じないと

仰る？　わかります。よおくわかります。ですが、改造とは何かご存じですか？」

「何かって——改造でしょう。つまり、化物を処分し、過激な風俗店を追放する——」

「そのとおり。〈歌舞伎町〉の改造とは、その二点のみを意味します。ですが、それが成し遂げられるかどうかは、全く別ものです。そうではありませんか？」

「そらまあ」

「こちらにお邪魔する前、私はもう一度、より精緻にプロジェクトを検討してみました。その結果、今回の条件で〈歌舞伎町〉の改造を強行した結果、反動による損害が一〇〇倍に達すると出たのです。具体的には、プロジェクト及び、わが『四星グループ』の半分が壊滅するということです」

「……まさか」

「『四星グループ』の総帥として、これを見過ごすわけにはいきません。こちらを訪問したのは、私が直接抗議するより、〈歌舞伎町〉の代表たるあなたから、〈区長〉へ契約破棄を勧めていただきたいと思ったからなのです」

「いや、しかし」

大垣は困惑の極みにあった。相手の地位と貫禄に圧倒されっ放しのところへ、要求を叩きつけられた。どう返事したものか、考えているつもりが、何も浮かばない。

「そもそも、あなたは〈歌舞伎町〉を平凡な風俗街にして、どんな利益が上がるとお思いですか？　今は新しい形態のレストランやバー、風俗店が山程出てきている。それを投入すれば、投資額くらいはたやすく取り戻せるでしょう。ですが、それは安定路線に過ぎません。あなた、〈歌舞伎町〉にそんなものがふさわしいとお思いですか？」

大三郎の両眼は情熱を超えた光を宿していた。執念——或いは狂気といってもいい。これが「四星グループ」総帥の眼かと、大垣は全身が虚ろになるような気がした。

「そこで私が出した結論はこうです。〈歌舞伎町〉が〈歌舞伎町〉たる理由は、『四星グループ』が排除すべきとした魔性の存在にこそある。暗い横丁で味の良い人間を待ち受ける妖物、虚空から取り憑く獲物を探索中の悪霊、なおも余震を続け、〈新宿〉全体に怪異を広める〈魔震〉。これこそが〈歌舞伎町〉である。これを排除しての改造などあり得ない。また、成し遂げても無駄だ。私の試算では、一年半で元の状態に復するでしょう」

「そんなこと――試算できるのか!?」

愕然とする大垣の眼の前に拳が叩きつけられた。

「かくて、今回のプロジェクトは無駄に終わる。『四星グループ』は、魔性のものたち――〈歌舞伎町〉を〈歌舞伎町〉たらしめる存在を、排除することはできないし、また、してはならん。君はこれを梶原〈区長〉に伝えるのだ！」

「わ、わかった！」

大垣は叫んだ。これ以上やり込められるのは我慢できないし、この老人にまくし立てられるのもご免だった。

「やってみれば、簡単だろう、秋くん」

問われて、はあ、とせつらは応じた。他に反応は不可能だった。太一と恵美は、やはり足手まといだというので、〈新大久保〉に借りた太一のアパートにいる。一度、〈黒犬獣〉に襲われているが、それだけに安全だろうという、せつらによる捨身の判断だ。

「何事もそうだ。人間の一念は鉄壁に穴すら穿つ。わしはそうやってグループを率いてきた。君もよく呑み込んでおきたまえ」

「はあ」

「では、次だ。『〈新宿〉特産物輸出協会』の会長、藪小路路麿だったな」

「はあ」

タクシー内である。四星大三郎はファイトの塊であった。

藪小路邸は、〈余丁町〉の住宅街にあった。ひときわ豪華な三階建ての鉄柵前で、

「へえ、高価そう」

とせつらが感心し、

「——けど、悪趣味」

と付け加えた途端、大三郎は待ってましたとその肩を叩いた。

「白い瓦屋根、紫の外壁——ロココとバロックと唐朝建築をごちゃ混ぜにして恥じない装飾——人間の趣味とは思えんな」

黄金の鐘が三つもくっついたロープを引くと、耳をつんざく響きの後に、

「誰だ？」

やくざまがいの問いかけが来た。何処かにマイクが仕掛けてあるらしい。

「四星大三郎と申します」

「へえ」

せつらは感心した。傲るでもなく、媚びるでもなく、男らしい名乗りの上げ方だ。

すぐに、

「四星？　大三郎？　ふざけるな、この野郎。人の名を騙るなら、もっとリアリズムを尊重しやがれ」

大三郎は黙ってベルを見上げている。

急に、

「待てよ、その顔——透視ライトを——ほ、本物だ！」

鉄柵まであわてたふうに開いた。

「な、何の用だ——いや、ご用ですか、『四星』の総帥が？」

広くて豪華で最悪な趣味の応接間で、むっくりと太った藪小路は、今も売れっこの漫談家によく似た顔を大胆にしかめて、二人を見つめた。

「〈新宿〉の特産品輸出業の権利を、うちに売り渡

すのはやめて頂きたい」

　藪小路は、平目みたいな顔をきょとんとさせた。当然だ。地揚げに来た会社の社長が、うちに売るなと言い出したのだからだ。

「あれを売ったりしたら、あなたは大損の憂目を見ますぞ。わしが保証します」

「いや、買ったのはおたくの会社ですぜ」

「重々承知しております」

「だったら、なぜ？」

「梶原〈区長〉は、特産品の権利を、八〇兆円で譲渡しました。たかだか八〇兆ですぞ」

　と身を乗り出す大三郎を、両手を広げて止め、

「たかだかって――それだけ貰えば、誰だって」

「売りとばすと仰る？　失礼ながら、拝見したところ、経済よりもやくざ稼業のほうが向いているようだ。それでは小学生並みの単純な計算を理解できないのも無理はないが、少なくとも今ここでは、せめて中学生の頭脳に格上げして頂きたい」

　さすがに藪小路、このヤローという表情になったが、それ以上は許さぬ言葉の奔流。

「目下、〈区外〉への特産品輸出の年間総額はお幾らか？」

「えー、ざっと――」

　と、最も苦手な暗算に移ったところを、

「三〇〇兆円だ」

　知ってるなら、訊くなよ、と思った。

「我が社はそれを〈歌舞伎町〉の権利もろとも一二〇兆円で買い取ろうとしておる。どう見ても理不尽極まりない。シャイロックも首を吊りかねぬ非人道的な暴挙である。幸い、本契約はまだだ。あなたから梶原〈区長〉に、契約中止の旨を進言して頂きたい」

「いや、それは――」

　一五億入るとは言えない。

「そもそも、あんたのとこは、安く買い叩ければ得をするんじゃねえんですか。そのトップが訳もわか

られえことをするな!」

「何がわからない?」

大三郎は眼を剝いた。藪小路は椅子ごと後じさった。恐怖のあまり、

「おーい、出て来い!」

絶叫であった。

廊下に面したのとは別のドアが開いて、屈強な男たちがとび込んで来た。

ひとりは、アニメのロボット物みたいな装甲服(プロテクト・スーツ)に身を包んでいる。フィードバック・システム採用らしく、足音はたてるが極めて小さく、床も揺(ゆ)るがない。

それでも、ドシンドシンと来て、グィーンと甲冑(かっちゅう)みたいな首の部分をせつらと大三郎に向けたのは、それなりの迫力があった。

両眼が真紅(しんく)にかがやいている。粒子ビーム砲らしい。

大三郎は怯(おび)えたふうもなく、それを見上げ、急に眼を細めた。

「地龍(ちりゅう)Aタイプ装甲援助型甲冑——うちの製品だな。いちばんの旧式だ。そちらの都合もあるだろうから、とやかくは言わんが、もう少しマシなものを装備するくらいの稼(かせ)ぎはないのかね、情けない」

「言わしときゃあ、この爺(じじ)い」

男たちのひとりが凄(すご)みを効かせた。

「『四星』のトップだかヒップだか知らねえが、何て言い草だ。藪さん——ここはひとつ、おれたちに任(まか)せてくれ」

と言ったところを見ると、子分ではなく、グループの一員らしい。

「いや、待ってくれ」

藪小路があわてた。相手が相手だ。全面的闘争に発展したら、〈新宿〉といえども危(やば)い。

「いいや待てねえ。おい、大川(おおかわ)さん、やっちまえ」

どうやら装甲機動体とやらの内部(なか)にいるのは、そういう人物らしい。

応じるようにメカの腕が動くと、ひょいと大三郎を摑み上げてしまった。

2

「いい度胸してるなあ」

茫洋たるこのひとことが、動く鎧の次の行動を停止させた。

頭部をキリキリと廻して、沈黙に陥る。せつらを見てしまったのだ。

「ちい……凄えモン……見ちまったぜ……あんた……用心棒……かい？」

「それ程のものじゃあ」

「おれは……大川英太郎って……もんだ。邪魔をする……つもりか？」

「一応」

「そうかい……なら……おれのほうも……あんたを先に……どうにか……すべきだ……な」

返事はない。

せつらは世にも美しい立像と化した。「敵」は、一〇〇〇分の一秒で即断しなければならない。

美しい立像か。

死の像か。

大概は間違う。

今度もそうだった。

機動体の左手がせつらへと伸びる。攻撃だ。それなら、一〇〇分の一秒でしなければならなかった。

空気が裂けた。

裂け目は強化合金の関節部にも食い込み、あっさりと切断してしまった。

同時に、大三郎を摑んだ腕も肩のつけ根から落ちる。

「待てよ、おい」

大声を上げたのは、藪小路だった。

「それは旧式だが、一台一〇億もしたんだ。修理代だって、部品が少ねえから大枚かかる。む、無闇に切ったりするな。警察に言うぞ」

「はいはい」

　せつらは見えない刃をふるった。

　機動体が縦に裂けた。

　ドライバー・スペースの大川は間一髪で逃げたらしく、右側にへばりついている。

「じゅ、じゅうおくが。一〇億があ」

　藪小路の絶叫が室内を駆け巡った。

「てめえ——何しやがる!?」

　残った男たちが自前の武器を抜いた。殆どが腋の下に吊って隠せるH&K（ヘッケラー・アンド・コッホ）やワルサー、ステヤー等の短機関銃（SMG）だ。

　だが、一発目を放つこともできず、彼らは硬直した。

「イテテテテ」

　機動体の指の間から脱出して来た大三郎が、腰を叩きながら、

「こういう状況は、慣れてるが好みじゃない。本来は契約書一枚で済むことだからな。どうだね、藪小路さん、お互いこれ以上の被害は避けて話し合おうじゃないか」

　藪小路は茫然と溜息をついた。眼の前にいる二人は、彼の手に余る異種であった。

「わかったよ、やってみる」

　突然訪れた「四星グループ」の総師に、梶原は度肝を抜かれた。

　用件を聞いて、眼の玉がとび出すような気がした。

「いや、しかし、契約破棄なんかできません。明日、本契約に調印いたします。そもそも、この話を持ちかけて来たのは、おたくの会社でしょうが」

「うちの会社だが、わしではない」

　と大三郎は言った。

「とにかく、いま説明申し上げたとおり、この契約は違法である。即刻中止したまえ」

「そそそういうわけには。私も〈区民〉に対する責任があります。すでにマスコミへも発表しておることですし」

「そこを何とかしたまえ。君は〈新宿〉一の政治家と聞いておる。気が変わった、のひとことで何とかなるだろう」

「そんな無茶な」

「無茶は承知だ。よろしい、君にだけ特別ボーナスを支給しよう」

「ボーナスですか⁉」

梶原の眼は黄金色にかがやいた。

「そうだ」

相手は「四星」の総帥である。

梶原は、しかし、腕組みをした。苦悩に顔を歪め、ギリギリと歯を嚙みしめる。大三郎が同情の顔で見つめるのを、せつらは、あっけらかんと眺めた。

内心、狐と狸かくらいに思っているのかもしれない。

「しかし、しかし、しかし」

梶原は埒もない繰り返しの合間に、頭を叩き、両手で顔を歪めて見せた。

「一二〇兆円ならば充分に〈区民〉も私も――いや、大いに助かる。しかし、三〇〇兆円となると。いや、本契約前とはいえ、『四星グループ』を裏切ることは――」

「あなたにも見返りはありますぞ」

大三郎は声をひそめ、梶原に耳打ちした。

一大コングロマリットのトップとは思えぬ人間味に溢れた行動に、せつらは、

――これか
と思った。

それでも梶原は苦悩の表情を隠さなかったが、うーむうーむと唸りながら、

「いかほど？」

と訊いた。

「三兆円」

「ううう」

　梶原は心臓を叩いた。普通の人間が一兆円のあぶく銭（ぜに）を手に入れれば、車や土地や博打（ばくち）に浪費してしまうのがオチだ。一兆円にふさわしい費（つい）やし方をするには、一兆円にふさわしい持ち主が要（い）る。市井（しせい）の人間には荷が勝ちすぎるのだ。三兆ともなれば、紙屑（かみくず）と同じだろう。梶原はどっちか？

「承知いたしました」

　と彼はついに言った。

「一二〇兆円より三〇〇兆円のほうが〈区民〉の役に立つのは自明の理であります。よろしい、今回の『四星グループ』との契約は破棄いたしましょう」

　こちらも声をひそめて、

「それ以外のことは、お互い胸の裡（うち）でよろしいですな？」

「無論です」

　大三郎は胸を叩き、二人はのけぞるようにして笑った。梶原が大船に乗った気なのは、明らかであった。

　固い握手を交（か）わしてから、彼らはせつらの存在を思い出した。

　梶原が、

「秋くん——この件は——」

　途端に、

「無関係」

　と返って来て、二人をほっとさせた。

「では、すぐにおたくのほうへ連絡を入れましょう」

　意気揚々（ようよう）とデスクに戻り、インターフォンへとのばした梶原の手が、不意に止まった。それが左胸に移って激しく掻（か）き毟（むし）ると、彼は前のめりに、分厚い絨毯（じゅうたん）の上に倒れ込んだ。

「何事だ？」

　愕然となる大三郎へ、

「〈新宿〉特有の発作（ほっさ）です」

せつらは痙攣する梶原に近づき、みるみる紫色に変わる顔を覗き込んで、

「ほお、メフィストも役立たずか」

と言った。

梶原の苦悶の原因が、薬物によるものであるのは間違いない。恐らく彼自身も知らぬ間に体内へ投与され、投与者に不利な状況が成立した瞬間、効果を発揮するようになっていたのだろうが、何を契機にしてとなると見当もつかない。恐らく大三郎だろう。

梶原もこれを見越して、ドクター・メフィストの調合になるM抗体を入れておいたのだが、今回は効果が薄かったようだ。

「死んだかね?」

「いえ、あと一歩ですが」

「それは重畳だ。すぐ医者を呼んでくれたまえ。いま彼に死なれては困る。〈新宿〉全体の大損失だぞ」

すぐに〈救命車〉が駆けつけ、〈メフィスト病院〉へと向かう〈救命車〉の中で、

「本契約の日までに快復しなければ、代理を立てることになる。ふむ、それを妨害すれば契約は成立しないが」

「はあ」

到着した。

待合室へ向かいながら、

「〈副区長室〉へ連絡を取ろう」

と、大三郎は切り出した。

「——彼にも手は打たれていると思うかね?」

「はあ」

「だとすれば——」

「〈区長〉を治すのが一番の近道です。五分もあれば完了するはずです」

「しかし、暗殺に来るのではないかね?」

「図星」

「守ってくれるかね?」

「ボディガードなら、この病院の受付でも紹介してくれます」

「いや、君がいい」

「だから」

「この件の大もとは、わしの息子――大四郎だ。彼を捜し出して、わしの前へ連れて来てほしい」

「誘拐です」

「そこを何とか頼む。君も〈区民〉なら、わしの目的が正しいと認めるだろう。協力してくれたまえ」

「捜しはしますが、さらいはしません」

大三郎は首を捻った。

「一日一〇〇万円及び必要経費、依頼達成時にボーナス五〇〇〇万円」

「駄目」

待合室にいると、ドアが叩かれた。

入って来た女性看護師は、せつらを知っていた。

開口一番、

「秋さん――〈区長〉がいなくなりました」

「まさか」

とせつらは口走った。そのとおりだ。〈新宿〉でもあり得ない事象がある。そのひとつがこれだ。〈メフィスト病院〉の入院患者が、手続き前に消えること――だが、緊急受付でのチェックが終わる寸前、処置室へ向かったストレッチャーは、付き添いの四人の前から忽然と消失してしまったのだ。

愕然と見つめる大三郎の眼の前で、せつらは、しかし、淡々とうなずいた。

「あいつだ」

「心当たりがあるのかね?」

「ドクター・メフィストの防衛陣を堂々と魔力で破った女」

「――女!?」

「あなたは病院にいてください。連れて来ます」

「そんなに簡単にいくのか。よし、わしも行くぞ」

「足手まとい」

「何を言う。特別料金だぞ。気に入らんのなら、一〇倍にしよう」

一日一〇〇〇万——ボーナス一億。

せつらは、じっと彼を見つめ、

「いいでしょう」

と言った。

「ただし、僕の指示に従ってもらいます」

「——何を言うか。わしは四星大三郎だぞ。物ごころついてから、他人の指図に従ったことはない」

その身体が、きんと反り返った。

「物ごころついてから、こんな痛みを感じたことは？」

せつらは面白くもなさそうに訊いた。

「な……い」

ようよう答えた。

「オッケ。では」

数分後、先を行く世にも美しい人影に招かれるように、大三郎はタクシーに乗り込み、

「〈高田馬場〝魔法街〟〉」

という言葉を、夢うつつに聞いた。

だが、せつらは、来るなと言っていた男を、何故いま連れて行く？

3

〈高田馬場〝魔法街〟〉——練達の魔法使い、魔道士が、世界中からこの一角に居を定め、日夜、この街でしか得られぬ自由の下、新たな魔道の成果を求め、霊薬の調合、魔王の召喚に精進中だという。
大概はチェコの〝錬金術師の通り〟のごとき、アパート——というより長屋住まいだが、一戸建ても散らばっており、せつらが足を止めたのは、そのうちの一軒であった。
銅の表札に、
ヌーレンブルク

とある。

以前はチェコ語だったのだが、主人が替わるや、一般受けを狙って、こうなったという。

玄関脇の黄金の鐘を鳴らすと、午後の光の中で、明るく、しかし、どこか神秘的な声が弾けた。

「どなた様でしょう？」

「秋と申します」

「あら」

平凡な驚きを装っているが、そこにも喜びが弾けた。

「あなたの肋骨は二六本？」

夕暮れの奇妙な問いに、後ろの大三郎が、へえ？という顔をした。

「そう」

せつらの答えと同時に、扉が蝶番の音をたてた。

金髪が天鵞絨のドレスの濃紺にかがやきを刷いている。

「これは――」

大三郎が身を屈めて少女を見た。

「――お嬢さん、人形か？」

「はい」

「これは――なんと可愛らしい。いくら〈新宿〉とはいえ、こんな可憐なものが生きているなんて」

「もの？」

人形娘の眼が光った。

「いや、失礼――可愛いお嬢さんだ」

大三郎は銀髪を掻いた。この辺は人のいいおっさんである。

「はい」

機嫌を直したふうに人形娘は先に立って導いた。

三段ほど石の段を下りたところが居間である。内側が煤だらけの石の暖炉に薪が燃えている。

壁を飾った鳥や獣の剝製を、大三郎はしげしげと眺め、

「わしは趣味で古生物学をやったが、こりゃあ、本物か。剣歯虎（スミロドン）に大懶獣（メガテリウム）、こっちはエピヒップスか、いや、メソヒップスだ。どれもこれもいま剝製にしたみたいに新しい。どこで手に入れたんだ？　わしも買うぞ」

ガ□ダムのプラモを見る小学生みたいに興奮し切った老人を、せつらがぼんやりと眺めている間に、奥のドアの向こうから、ずしんずしんという地響きが近づいて来た。

大三郎がこちらを向いて、

「この前、BSで見たぞ。『大魔神』がやって来る」

「なら、まだまし」

せつらが応じたとき、扉が開いて、真紅のケープを身体に巻きつけた巨体が現われた。右肩に大鴉（おおがらす）を載（の）せている。

「トンブ・ヌーレンブルクと申します」

「〈新宿〉では新参者ですが、お名前は存じております。私は――」

差し出されたグローブみたいな手を、にこやかに握りしめたのは、やはり超一流の実業家だ。

トンブはだぶついた顎（あご）に手をあてて首を捻った。

「どこかで聞いたような、はて？」

「魔道士失格」

とせつらが言った。

肩の大鴉が、ひとつ鳴いて、

「『四星ぐるーぷ』ノ総帥ダ」

「えーっ!?」

トンブはのけぞった。椅子ごと倒れかけ、間一髪でひょいと持ち直した。魔法かどうかはわからない。

「あのあのあのコングロコングロコングロマリットの――会長さん!?」

「そのとおりですな」

大三郎は穏（おだ）やかに笑った。身体がトンブに匹敵（ひってき）するほど巨大化した――そう見えた。

「〈メフィスト病院〉で入院手続き中の患者が消え

た」

　せつらが切り出した。

「むむ」

　トンブは陰険な眼つきになった。

「――あそこから患者を消失誘拐できるのは、〈新宿〉でも君だけだ。何処へやった？　誰に頼まれた？」

「むむむむむ」

　トンブはあたふたと、四方を見廻し、天井を見上げ見下げた。首は三六〇度回転し、大三郎の眼を剝かせた。

「し、知らないわ」

　これくらい、嘘が下手な女も珍しい。

「正直に言いますと、依頼した相手はわかっております」

　大三郎は静かに言った。

「それより、梶原さんが何処へ行ったのか、ご存じでしたら教えていただきたい」

「ご存じは知らないね」

　興奮のあまりか、トンブは訳のわからないことを口走った。

「あたしは、いちにちここにいたわさ」

「魔道士のアリバイを聞いてもね」

　とせつら。

「いちいち現場へ行って魔力を使うわけがない」

「どうして、あたしが〈区長〉を誘拐したと思うのさ？」

「〈メフィスト病院〉へ入る前に使えば、その言い分は通った。けど入った後じゃ、外から魔力をかけられるのは、あんたしかいない」

「…………」

「素晴らしい」

「むふふ」

「やっぱり」

「違う違う違う」

　トンブは激しく頭をふった。

「〈区長〉は何処？」

　せつらが前へ出た。

　トンブはよろめき、肩の鴉が、ぎゃあと叫んで舞い上がった。迫り来る美貌から逃げ出したのである。

「むむむ」

と呻いて、トンブは両眼をミットのような手で覆った。外谷と似たタラコ唇が、ぶつぶつと呪文らしいものを口走った。

　手を下ろすと、瞳はミラーボールのようにきらめいていた。

「何、それ？」

「歪双眸」

　とトンブは胸を押さえながら言った。

「眼に映るすべては歪んで映る。あんたみたいに物騒な男用だよ。もっとも、使ったのは二人しかいないけどね。あたしが術にかけられたら生涯の笑いものさ。〈区長〉なんか知らないね」

「あーら、ついさっき、拘引の術を使ってませんでした？」

　驚いたふうに指摘した人形娘を、トンブの激怒の視線が貫いたが、せつらにはもっけの幸いであった。もうひとりの人物にとっても。

　彼は笑った。

「下手に隠し立てするのはやめて、お互い腹を割って話しませんか、ミス・トンブ。私も四星大三郎だ。姑息な手は使いません。これはあくまでもビジネスの交渉です」

　トンブは、点滅する瞳を老人に据えた。

「四星大三郎」

　とつぶやいた——というより唸った。それから、

「ビジネスって何？」

「べえ」

「一〇〇〇万円でいかがでしょう？」

「一億円」

　これには、せつらの眉がちょっと動いた。金額よ

りも、値上げのテンポに驚いたのである。

「むむむ」

トンブの表情に動揺が走った。

「一億と五万」

せつらがちらと宙を仰いだ。

「わかったわ」

これにも眉が動いたが、結果としては予想どおりだったらしく、それ以上の反応はなしであった。

「で、いつ貰えるの？」

「口座番号を教えてもらえれば、すぐ――といってもここを出てからですが」

「駄目駄目」

トンブは口をへの字に結んで首をふった。

「手渡しね。現金以外は信用しないのだ」

「では、大きめの紙袋を二つ用意願います」

「何するのさ？」

大三郎は人形娘を見た。

「近くのコンビニで下ろして来てくれたまえ」

「本気ですか？」

人形娘が呆気にとられたふうに、

「コンビニじゃ――銀行だっていきなり一億円は無理ですわ」

「電話を入れとく。それでＯＫだ」

「はあ」

「行っといで」

トンブにねめつけられ、人形娘は折り畳んだ紙袋を手に、首を傾げながら出て行った。

トンブが大三郎を見る眼に、明らかな変化が生じているのを、せつらは看破した。

「魔法酒、呑むかね？」

トンブが大三郎に訊いた。

「いただこう」

「毒が入ってるかもしれないよ」

「それで死ぬならそれまでのことさ。私は運命には逆らわんつもりだ」

「ふーん」

ほどなく人形娘が、二つの袋に札束を詰めて戻って来た。

「では〈区長〉の居場所を」

せっつくでもなく尋ねる大三郎の方を、紙袋から引っぱり出した札束に頬ずりしながら、トンブは興奮に酔う眼差しで見た。

彼女は人形娘に向かって、

「調剤所からアへの九番とイクの二八四番を持っといで」

と命じた。五分とかけずに緑色の瓶が届けられると、蠟漬けの栓に嚙みついて、次々に引っこ抜き、大三郎に、

「それは――」

と言った。

ここまで言ったとき、その眼が白く反転し、口からは舌が吐き出された。みるみる暗紫色に変わって悶える肉玉のような女へ、

「へえ、こいつにも」

とせつらはつぶやいた。梶原に魔毒を施したのはトンブであったろう。だが、まさか自分に？　恐らくはせつらの想像をも絶する奇現象であったに違いない。

「うぐぐぐ……」

呻きながら、トンブは、テーブルに置いたアへとイクの瓶を両手で摑んだ。分厚く幅広い唇がまとめて吸い込み、喉仏がダイナミックに動いた。

突然、彼女はそれを放り出し、空中に息を吐いた。それはごおと音をたてた。炎であった。

毒でも吐瀉するように、トンブは炎を吸い込み、また吐いた。そのたびに天井は油糟で汚れ、大鴉は泣き叫びつつ旋回を繰り返した。

四度目の炎をダイナミックに吐くと、トンブは不意にぐったりと、肘かけ椅子の背にもたれた。

人形娘が近づいて脈を取り、瞳孔を覗いた。

「大丈夫です」

おお、と自分もソファにへたり込んだ大三郎が安堵の溜息を洩らし、そばに立つせつらへ、

「大したもんだ。よく平気でいられるな」

「〈新宿〉ですから」

「そうか――そうだな。いや、何というユニークな人間を生み出す街だ。これはとても一二〇兆くらいで持って行くわけにはいかん」

せつらは、ちらりと、まだ鼻と耳と口の脇から小規模に炎を吹くトンブを見た。

「居場所を」

驚くべし。それは大三郎の声と瓜二つであった。

トンブはまた火を吐いて、

「……〈上落合二丁目〉四の――」

これだけ言い切って、首を伏せた。

「何事だ？」

呆然とする大三郎に、

「毒消し」

とせつらは、アヘとイクに顎をしゃくった。

恐らくトンブは、梶原の拉致を依頼した連中に自分の本気を見せるため、自身にも毒を調合したのだ。勿論、即効と見せかけて、解毒剤は用意しておいたというわけだ。

「けど――住所は中途半端だったな」

せつらのつぶやきに、大三郎は首を振った。

「――大丈夫だ。〈上落合二丁目〉には、『四星製薬』の生物研究所がある。そこだ」

「はあ」

急に照明が翳って――消えた。同時に、暖炉の上や壁に象眼されていた燭台に灯が点る。非常用照明だ。

上空を旋回中の大鴉が、

「来ルゾ　来ルゾ」

と鳴いた。

「誰がだ？」

「トンブの口封じに」

とせつらが答えた。

「依頼者は、毒を服んで見せても信用しなかったようですね」

窓の外は闇である。

ふわりと人形娘が、窓のひとつに跳んで眼を凝らした。

闇の奥で火花が散った。

「第一次防衛圏突破」

この家を囲む魔法の防禦陣みたいなものだろう。

「何次まで？」

とせつら。

「三次です」

「しかし、いい度胸だ」

とせつらは続けた。

「トンブ・ヌーレンブルクの家を襲うとは。もっとも、先にひっくり返っているけれど」

いつの間にか、チェコ第二の魔道士は、ぷうぴいと子豚のような鼾をかきながら、長椅子の上で眠りこけていた。

第八章　哀雨（あいう）

1

「来ましたわ」

人形娘の声に合わせて、鈍い振動が家を揺らした。

「第二次防衛圏、突破」

危険な通達は、可憐な声と不思議によく合った。

「次か」

せつらは人形娘をふり返った。

「はい。奥へご避難ください」

大三郎が真っ先に扉の方へと向かった。

せつらが後を追う。

人形娘はトンブに駆け寄った。一五〇キロ超と思しい巨体を一メートルにも満たぬ身体が抱え上げるとは。だが、宙に浮かんだ身体は、ふらふらと着地してしまった。

「無理だ。下ろして」

人形娘は従った。せつらの言葉だ。

ぺたんとへたり込んだ巨大な肉塊が、突然、ふわりと浮き上がった。

ドアが弾けとんだ。大三郎が悲鳴を上げたが、人形娘にも彼にも異常はない。トンブの背中がドアを受け止めたのだ。

巨体は五メートルも前方へ落っこちた。扉の奥だ。そして、ぼん！と跳ね上がった。

家全体が揺れたのは、そのせいではなかった。廊下の奥へと数歩走った刹那、天井が重量たっぷりに落下して、せつらを押しつぶした。

畳の上で、二つの肉が妖しく溶け合っていた。

「駄目よ、こんなこと……ご主人様にバレたら……只じゃ……ああ……済まないわ」

口では恐ろしそうに言いながら、唇は求めてくる男のものを拒まず、進んで舌を絡めている。豊かな乳を押さえた男の手が外れると、摑んで戻す——欲情が全血管中をたぎり流れているような女であった。四星家のお手伝い——恵美だ。

　小柄だが、男ならひと目で抱きたくなるような肉感的な身体は、電灯の下にさらけ出されて、その淫らさを一気に解放したかのようだ。

　恵美は両腿を男の首に巻きつけていた。獣が水を飲むような音が、びちゃびちゃと続いている。そのたびに恵美は身体をよじり、のけぞらせて、男の髪を掴んでは、もっと奥へと引き込もうとするのだった。これも全裸の男は、真城太一であった。

　大三郎とせつらが、二つめの団体との交渉に出かけたとき、二人はこの場所に残された。

〈新大久保〉駅前に彼が借りた〃ディ・アパート〃であった。

　太一は不安だった。事態は彼の想像を遥かに超えて、回転し、旋回し、ねじくれ、とんでもないゴールへ向かおうとしている。その結果、誰かが責任を取らなくてはならない。それは自分自身だった。

　一方的な思い込みとは思えなかった。殺される——圧倒的な恐怖が、彼を快楽へと逃避させた。そこに恵美がいた。

　何度か形を変えて、恵美の尻を抱えた。

「あっあっあっあっ——いくぅ」

「いっちまえ、いっちまえ」

「あたしのお尻——気に入った？」

「ああ。でかくて白くて柔らかい」

「なら、いいわ。来て」

　二つの火花が一点で溶け合い、凝集して燃え上がった。

　そのとき——ノックの音がした。

　果てた後で幸運だった。

　恵美がドアに向かって、誰？　と訊いた。太一は止めようとしたが、遅かった。

「真城くん——いる？」

　女の声だ。

「水咲くん？」

「そよ。急いでここを出て」

「え?」

『四星』の刺客が迫ってるわ。早く逃げるのよ。

次の隠れ家は用意してあるわ」

「え、え、え?」

「開けるわよ」

　小さな爆発音が鳴って、ドアが開いた。

二人を見て水咲ミチルは顔をそむけた。

「お忙しいところをごめんなさい。そのままでもいいわよ」

「冗談じゃない」

　二人が大急ぎで服を着ると、それぞれ、バックパックとハンドバッグを手に、廊下へ出た。

　ミチルは滑るように非常階段へ向かっていく。

開いて、あっ!?　と放った。

世界が燃えている。何もかも紅い。建物の輪郭だけが黒々と、燃え上がる世界を切り抜いている。

「火事じゃないわよね――紅いだけだわ。でも、何が起きてるのよ」

　恵美の声に応じるものはいない。

　ミチルが頭をひとつ振って、

「いちばん厄介な奴の世界に入ってしまったわね。

出るには、奴を殺すしかないわ」

　可憐な女子高生の顔が凄まじい話をするものだから、太一は仰天した。

戻ろうとは言わず、ミチルは非常階段を下りた。

二人も続く。

　地上に下りると、武器は?　と訊いた。

「ペーパー・ガン一挺」

「あたしは――なし」

「これを使いなさい」

　と黒い自動拳銃を放って、

「気休めだけど」

　ご丁寧につけくわえた。

「何が来るんだ?」

太一が四方へ眼を配りながら訊いた。確かに見慣れた〈新大久保〉の路地である。だが、物音ひとつせず、駅前の大通り方面からも、ざわめきひとつ聞こえて来ない。

「とにかく、通りへ出ましょうよ」

恵美が小走りに足を運んだ。

「待って」

ミチルの叫びが背中に当たった瞬間、恵美の首は消失した。

「――――!?」

血の噴水――周囲の紅に溶け込んでよくは見えなかったが――を噴き上げる恵美の身体がどっと倒れるその足下に、彼女の首が浮いていた。咥えているのは黒い獣――最後の一匹であろう。

「おれはブルーノだ」

とそいつは言った。

「おまえの臭いを他の二匹から教えられ、ずうっと追っていた。やっと見つけたのが一時間前よ。ここで待っていたのは、秋せつらも仕留める気でいたからだ。だが、待っているうちに、そこの女に見つかってしまった。そこで、強引におれの世界を構成したのだ。出られんし、邪魔も入らん。秋せつらは、後で片づけるとしよう」

「あら、そう」

ミチルの両手から火線が迸った。一挺を両手で持つダブル・ホールドではない。片手に一挺ずつ――二挺射ちだ。火球がふくれ上がり、空薬莢が全自動射撃のように、きれいな列を作って、アパートの壁に当たる。

黒い獣はのけぞった。自信満々で受けた弾丸は、想像もしなかった痛打を浴びせたのだ。

「効いたわね。〈メフィスト病院〉で調合してもらった妖体崩壊剤を固めた弾頭よ。気分はいかが?

――今よ、逃げて!」

太一は走り出した。

何処もかしこも紅い。

「ドクター・メフィスト」

と獣が呻いた。その身体はゆっくりと溶解しつつあった。双眸が紅く燃えている。憎悪と殺意だ。そこへさらに六発射ち込んでミチルは身を翻した。

弾丸を射ち尽くしたのはわかっていた。マガジン・リリースボタンを押して空弾倉を落とし、左右の腰に装着したマガジン・パウチから斜めに突き出た弾倉に、マガジン・ホールを叩きつけるように押しつけた。かちりとキャッチの音を確かめ、引き戻す。弾倉はついて来た。後退したまま固定された遊底を戻し、初弾を薬室に装塡——いつでも発射状態だ。マガジン・パウチからは、次の弾倉がスライドし、せり上がって出番を待っている。

路地の向こうはホテル街であった。

「左のホテルへ入って！」

太一の進路を背後の声が決めた。

比較的大きなホテルである。ドアは簡単に開いた。ロビーにも受付にも人の姿はない。

「階段で三階へ」

と命じて、ミチルはドアの横に身を隠した。

一気に駆け上がり、太一は廊下の左右に並ぶ紅いドアを眺めた。

どれも開いている。

真ん中に近い右の部屋へととび込んだ。

消毒液の臭いに安堵が湧いた。少なくとも知悉している世界と同じところもあるのだ。激しい息を整え、ドアを向いて隅のソファに倒れ込んだ。必死でペーパー・ガンを構える。
一、二分だと思う。ドアが叩かれた。
「あたしよ、開けて」

ミチルの声に間違いない。ドアのところへ走ってロックを解くや、とび込んで来た。床に両手をついて激しく息をつく。死ぬんじゃないかと思った。

「大丈夫かい、水咲くん？」

「大丈夫」

と答えた。ひと安心と思った。

「駄目よ」

「え?」

両膝をついた姿勢で、ミチルはいきなり両手の拳銃を太一に向けた。

呆然となった。

銃口が廻って、窓に向かった。シェードが下りているそのど真ん中へ火線が躍った。弾痕はみるみる直径三〇センチもの穴に化けた。灼熱の空薬莢が頬をかすめ、太一は悲鳴を上げた。

「そこから出て!」

ミチルが叫んだ。

「え!?」

ミチルの右手が拳銃を横殴りに太一の顎へ叩きつけた。よろめくこめかみに銃口が当てられた。

太一はペーパー・ガンの引金を引いた。必死の思いがミチルの武器を弾きとばした。

その左肩を灼熱が貫いた。ミチルのもう一挺が火を噴いたのだ。

「窓から出て!」

ミチルが叫んだ。右手で左の拳銃を押さえていた。

その顔の半分が、どろりと崩れた。泥濘と化して胸まで流れても、ミチルの面貌を留めていた。それが邪悪に笑った。

「逃がさんぞ」

声は唸りを含んでいた。黒犬——ブルーノの声が。

「水咲くん——取り込まれたのか!?」

まともに残った半分がうなずいた。

「まだ、戦える。だから、あなたは早く——」

「そうはいかん」

もはやタールのように床に広がった半分が、かっと口を開いた。

そこから真っ赤な舌が太一へとのび、しかし、太一に触れる前に、溶けかかった右手がそれを摑んだ。ミチルはまだ生きているのだった。

「水咲くん」

「ミチルよ」

愉しげな寂しげな響きを鼓膜に留めつつ、太一は走った。

窓の外に何があるか考えもしなかった。

足で窓ガラスをぶち破ってとび出した先は、アスファルトの道だった。

両膝がひどく痛んだが、立ち上がることはできた。

歩き出す前に、何かが欠けていることに気がついた。

ミチルが死んだ。それだった。

本物の水咲ミチルだったのかはわからない。違うと思う。だが、後をも見ずに太一を逃げ出させなかったのは、確かにあのミチルへの思いであった。

窓から黒い塊が落ちて路上に広がった。盛り上がった表面がミチルの顔になった。

「真城くん」

切なげな声が足下に迫っても、太一は動けなかった。

そのとき、上空から、銀色の光が黒い粘塊の上に吸い込まれ――太一の身体は天空高く舞い上がった。

半月の弧のごとく大きく夜空を横切って着地したのは、向かいのホテルの屋根だった。

「い、一体!?」

反射的にせつらだと思った。そのときはもう、空に舞っていた。

一瞬見下ろした路上に、炎に包まれた黒い犬が見えた。


それから、何処かの庭、ビルの屋上と着地して舞い下りたのは、黒衣の若者の前だった。

「何処だい、ここは?」

「〈高田馬場〝魔法街〟〉。トンブ・ヌーレンブルク邸の地下室だ」

よく見ると、電子灯の光の中に、金髪の娘と四星大三郎、訳のわからない肉の塊が横たわっていた。肉塊――どえらく太った女以外はみな椅子やソファにかけている。居間の調度は全て揃えた広い地下であった。

太一は自分が通ってきた通路の出入口を捜し求めたが、天を阻む天井にはそんなものは見当たらなかった。

2

「おたくの倅、やるね」

せつらが天井を見上げた。話し相手は大三郎である。

「トンブ・ヌーレンブルクの邸宅が、ぺちゃんこだ」

「その代わり、敵も焼け死にました。お相子ですわ」

人形娘がうきうきと言った。これは隣がせつらのせいだろう。

「でも、あいつは姿が見えない透明な破壊用生物兵器でした。その〈上落合〉の研究所で開発されたものでしょう。〈区長〉さんもそこにいるわ」

大三郎は拳を握りしめて、

「そのとおりだ。では、ひと眠りして、夜が明けたら出かけよう」

「あなたはここにいらっしゃい」

「なに？」

大三郎は美しい若者を睨みつけ、よろめいた。せつらの美貌はそのまま催眠術になる。防げる者はいない。

「梶原さんを拉致した以上、そこに敵のトップもいるか、いなくても顔を出す。今頃は攻防のパワーを増幅せよと指示がとんで、兵力増強に励んでる。あなたが行ったら思う壺」

「おい、こう見えてもわしは――」

「『四星』の真のトップ。だから、邪魔。次のトップを狙(ねら)う連中にとって」

「相手は実の倅だぞ」

「義理の倅のほうがマシ。少しは遠慮する」

「つまり、大四郎はわしを殺す、と言いたいのかね？」

「遠慮せずに」

　大三郎の表情が変わった。楽しげに。

「そうこなくてはわしの倅といいえん。親といえど敵に廻れば殺せ。そのとき、一切(いっさい)の容赦(ようしゃ)はなしだ――こう教えたのはわしでな」

「ですから、行くな、と」

　せつらの声に、大三郎はうなずいた。

「よかろう。ここで待つ。〈区長〉をよろしく」

　せつらは黙って奥へと歩いた。

　その先に、太一は、今まで確かに存在しなかった石の階段を目撃した。

　せつらが去ると、大三郎は大きな欠伸(あくび)をひとつして、

「さあ、休むとするか」

　と、近くの、これも太一の眼には入らなかった古風な寝台(ベッド)に近づき、そこで人形娘をふり返った。

「ところで、お嬢さん、訊きたいことがあるのだが」

「何でしょう？」

「〝妖術射撃〟についてご存じかな？」


　朝が来る。〈区民〉たちにとっては、また異形(いぎょう)の一日が繰り返されるに過ぎないが、〈新宿〉に馴染(なじ)めぬ者たちには、不安と戦慄(せんりつ)への忍従の開始であった。

「そろそろ、潮(しお)どきかなあ」

〈淀橋市場〉近くの〈第三級危険地帯(サード・デンジャラス・ゾーン)〉に属するマンションの廃墟(はいきょ)で、深雪という名の女が溜息をひとつついた。

　三日前に出て行った太一という男は、それきり戻って来ない。

「帰って来ても、先の見込みは立たないよねえ。やっぱり、今日こっきりにしよ」

決意から来た明るさを全身に湛(たた)えて、深雪は廃墟を出た。

近所のタイ料理屋で、パクチーがたっぷり載(の)った汁なし麺を愉しんでいると、ガラス戸が開いた。

音が消えた。

入って来たのは、ひと目で超のつく高級スーツに身を固めた長身の男であった。屈強なガードが左右を固めている。男は優雅な足取りで深雪のテーブルに近づき、前の椅子に腰を下ろした。

「はじめまして、四星大四郎と申します」

「はん？」

深雪はまず、きょとんとした。

「あなたの恋人——真城太一くんに、少々迷惑をかけられている者です。その対策にご協力願いたい」

恐怖が色っぽい顔をこわばらせた。

「ちょっと——あたしは——」

「無関係とは言えんな」

後ろのボディガードが、立ち上がろうとした深雪の肩を押さえた。プロレスラーみたいな腕を跳(は)ねのけ、深雪は丼(どんぶり)を眼前のスーツ姿の顔面へ投げつけた。

それは青白い火花を上げて通過し、後ろのテーブルに落ちた。

「ここにはいないのでね」

大四郎は破顔した。大金持ちがこんな醜(みにく)い笑い顔をつくるのかと、深雪は凍りつく思いで見つめた。

「ここの掃除代は、ご負担願いますよ」

と大四郎は笑(え)みを消して、森厳(しんげん)な面持(おもも)ちでつけ加えた。

研究所は最高警戒態勢で、危険な来訪者に備(そな)えていた。

五〇〇坪の敷地内は、バーチャル・リアリティで構成されたカメラやガードマンが半透明の幻(まぼろし)のように彷徨(ほうこう)し、スイッチひとつで3Dスキャナーによって実体化する。ひと気のない庭は、一瞬のうちに立錐(りっすい)の余地もないパーティ会場に変わるのだ。

せつらは正面から入った。少なくとも今は、美しく静かな来客であった。

午前一〇時。

受付の娘たちが恍惚(こうこつ)と迎えた。

「梶原〈区長〉は何処？」

「存じません」

当然の返事である。

「ご存じの方は？」

「……あの……所長なら……」

「会わせてもらいたい」

「今……連絡……を」

「居場所だけ教えて。勝手に行く」

「……四階のB回廊へ……所長室のプレートが……出ています」

「どーも」

せつらは奥への通路を歩き出した。五歩ほど行ってふり向き、

「内緒ね」

と片眼をつぶる。女たちの脳はとろけ、沸騰(ふっとう)し、蒸発してしまった。

生きた人形と化した二人を尻目に、せつらはエレベーターで四階へ上がった。

B回廊の端に、所長室とあった。

ノックもせず開けた。

一研究所のトップの部屋とは思えない広いスペースの奥で、三重顎の男が、デスクから立ち上がったところだった。

「所長さん？」

「違う」

せつらはデスクを指さした。

所長・石沢

と刻んだプレートが載っている。

「ふむ、やはり誰も騙されないな」

所長——石沢は不貞腐れたように、椅子に戻った。

「武器を持たない侵入者——ということは、自爆テロか？　いいや、その美しさを吹きとばすなんて、君はその気になっても周りが許すまい」

「はは」

とせつらは返した。賞讃が嫌いなわけではなさそうだ。

「用件は何だね？」

「梶原〈区長〉」

「ここにはおらんよ」

「この部屋にはね」

「冗談が通じて嬉しい」

「正体をあらわしたら？」

とせつらは言った。


三重顎はきょとんとして、それからにんまりと笑い顔をつくった。

「なぜ、わかったのかね？」

「縛れなかった」

敵地への訪問前には〝探り糸〟を送るのがせつら流である。石沢の身体は生身の反応を伝えて来なかったのだ。

「君のことは調べさせてもらった」

と石沢は顎を愛しげに撫でながら言った。

「実に恐るべき実績と殺人技の持ち主だ。そして、その美貌。この〈新宿〉でナンバー1と謳われるのも当然だな」

「どーも」

「だが、〈区外〉では通用せんぞ。君に匹敵する殺し屋は幾らもいる。どうだね、そいつらと手合わせする前に、私の条件を呑んでみないかね？」

「名前」

「これは失礼した。四星大四郎だ」

石沢の顔に電子線が横に走るや、別の人物が構成された。

「あ。切れそうな二代目」

せつらは、ぼんやりと言ってから、

「二代目」

と繰り返した。所詮はという意味だ。それはわかったらしく、大四郎は唇を歪めて、

「〈新宿〉では通用する挨拶かもしれんが、私の前では宣戦布告と同じだ。身の程知らずめ」

「〈新宿〉で暮らしたことは？」

「ない。この姿を見せたのも、今度が初めてだ。こんな汚れた街には、それにふさわしい連中が流れ着く。吹き溜まりのようにな」

「そんな街を、なぜ手に入れたい？」

「手に入れなどしない。汚らわしい。改造をするのだ。この手に握るのは、それだけだ」

せつらは、小さくうなずいた。

「〈歌舞伎町〉だけじゃないんだ」

「そうとも。〈歌舞伎町〉は手はじめだ。じき〈新宿〉全体に『四星』のマークがつく」

「遠大な計画」

「とんでもない」

大四郎は手をふって笑った。

「たかだか東京の一〈区〉。世界の『四星』がその気になれば三日で全地所を購入してみせよう」

「誰から？」

不意に大四郎はとまどった。想像もしなかった返事だが、口にしたほうはおよそ内容にふさわしくない春爛漫たる表情だから、驚くこともできなかったのである。

「地主を間違えている」

せつらは続けた。春爛漫たる表情で。

「どういう意味かね？」

「計画は頓挫」

「莫迦なことを」

「実の親子だね」

こう言ってから、せつらは眉を寄せる二代目へ、

「〈区外〉の大物だ」

「〈新宿〉では小物って意味かね？　親父と一緒にはしてほしくないなあ。ま、親父はもう死んでいるがね」

「へえ。ひょっとして、トンブのところで？」

「そうだ」

「僕はトンブのところから来た。父上が拍手で送り出してくれたよ」

「莫迦な！　〈新宿〉一の魔法使いを雇ったんだぞ」

「結果を確かめた？」

「………」

「家がぺしゃんこで誰も出て来なかったから、死んだと思った？　実業家は見たものしか信じないって、ホントなんだ」

　大四郎の顔は怒りで赤黒く変わった。

「貴様……許さんぞ」

「それはいいけど、〈区長〉は何処？」

「地下だ。だが、おまえは永久に辿り着けん」

「どーも」

　せつらは背を向けて歩き出し、戸口でふり返った。

「既婚者――妻と子供ひとりあり。三歳の女の子――眼に入れても痛くない？」

　何を言っている、という大四郎の顔つきが、突然、驚愕と――恐怖の売り場になった。

「貴様……どういう……」

「渋谷区松濤二の×の×。僕の手は、場所さえ分かれば、どこからでも忍び込む。そして――ぎゅっ」

　自分の顔が蒼白なのに大四郎は気がつかない。

「ガードが六人、四六時中陰から見張っているんだ。何ができる？」

「主治医って、いい腕？」

「おい――待て」

　大四郎の姿は歪み、電子線の列と化して消えた。

「待たない」

せつらは戸口を抜けた。

エレベーターホールの前まで来たとき、ショットガンを構えた保安係が駆けつけて来た。

「動くな」

でかい銃口を向けた。サンバイザーがヘルメットから下りている。せつらの魔法も――少しだけ効かない。

「何処へ行く？」

「地下」

保安係はよろよろと、左手を背中へ廻して、手錠を取り出した。

「よさんか――死ぬぞ」

制止の声は空中から聞こえ、たちまち青白い電子線が四星大四郎の姿を取った。

3

エレベーターのドアが開き、三人の保安係がとび出して来た。

「よせ！」

大四郎の絶叫が男たちを釘付けにした。

「どしたの？」

とせつら。

この状況で茫洋たる表情を崩さぬ彼をじっと見つめる大四郎の顔には、憎悪よりも恐怖と諦観が濃く蠢いていた。

「今、こちらにいる社員に〈ゲート〉を渡らせ、家と連絡を取った。娘の首に何かが掛かって窒息寸前だそうだ。どうやっても取れない。家の者が無理に外そうとしたら、指が落ちたという。話からすると金属の糸か」

「ゆっくり考えて」

せつらはエレベーターのボタンを押した。

「いつ、どうやって？　いや、住所を調べて、ここからとばしたのか？」

　ドアが開いた。

「じゃ」

　せつらは函に入って地下三階を押した。地下室と聞いた時点で糸は送ってある。

　梶原は倉庫のひとつに横たえられていた。荷物扱いに等しい。用済みというわけだ。

　呼吸は細く、血の気もないが、まだこちら側の岸からとび下りていないのは明らかだ。

　軽々と肩に担いで、せつらは地下室を出た。

　大四郎が待っていた。

「上で言い忘れたことがある。我が社へ入らないか？」

「就職はＮＯＮ」

「そう言わず、真面目に考えたまえ。君には全世界に傭兵を派遣するＷＳＦ――世界安全部隊のトップの席を用意する。地位的には本社の専務に該当するし、収入はそれ以上――約一・八倍だ」

　ここでひと息入れて、

「本部はイスラエルだが、君には日本で指揮を執ってもらえばよろしい。勿論、〈新宿〉からでも結構だ」

「世間知らず」

　せつらが言い放ったのは、〈新宿〉と〈区外〉の通信は現在不可能という意味だ。

「ＷＳＦのトップの年収は現在五〇〇〇万ドル――約六〇億円だ。君には一〇倍を支払おう」

　六〇〇億円である。

「大盤振舞い」

　せつらはうなずいた。

「気に入ったかね。では娘の首から」

「お断わり」

「何だと？」

　悪鬼の形相がせつらを睨みつけた。

「私は実業家として、あらゆる方面で才能ある人材を見つけ出し、その育成に努める義務がある。君は久方ぶりに、いや、はじめて見つけた桁外れの才能だ。だが、こちらが幾らその気になっても、才能の主が首を縦に振らなければ、すべてが腐っておしまいだ。そうさせないために、こちらも手を打たねばならん。少し待ちたまえ」

せつらの胸で携帯が震えた。

「失礼」

と断わって出た。

〝深雪がさらわれた。どっかの病院のベッドで、解剖される寸前だ。奴の言うことを聞いてくれ〟

一気にまくしたてたのは、真城太一に間違いない。

ヌーレンブルク邸の地下にいる彼の眼の前で、奇怪な手術の現場が実況中継されているのだろう。

〝頼むから言うことを聞いてくれ。嫌だと言うのなら、おれはここで死ぬ。あんたの仕事はおしまいだ〟

「四星さんはどうした？」

〝いつの間にかいない。煙草を買いに出てったそうだ〟

「やれやれ」

「どうするね？」

大四郎が訊いた。せつらがうつむいたのを見て、勝ちと思ったか、声は笑いを含んでいた。

「自殺はできない」

とせつらは大四郎に言った。

「あと僕に必要なのは、彼であって彼女じゃない。お嬢さんの首でもない。決めるのは、あんただ」

立ちすくむ大四郎へ、

「悲鳴が聞こえなかったかな？　ちょっと食い込ませてみたけれど」

「き……貴様……」

悪鬼は蒼白になった。空中に向かって、

「女の腹を裂け！」

と命じた。

わずかに遅れて、

〝やめろお！〟

太一の狂気の叫びであった。

「血が出た」

とせつら。〈新宿〉と〈区外〉——ひとすじの不可視の糸がそれをつないで、三歳の女の子の首に鮮血を噴かせている。大四郎は震えながら叫んだ。

「首を半分切れ！」

「切った」

とせつら。

娘は泣いているのではないか。噴き上がる鮮血と激痛の中で三歳の少女はどうすることもできず、絶叫を放っているのではないか。

大四郎は髪の毛を掻き毟った。

彼は娘の惨劇の現場を見てはいない。だが、今うつむいた若者の言葉が嘘ではないことはわかっていた。

「きさま——それでも——人間か!?」

凄絶な罵倒と呪詛は、少しの効き目があったのかもしれない。

せつらがゆっくりと顔を上げたのだ。

同じ美貌、同じせつらだ。

だが、違う。

「私に会ってしまったな」

と彼は言った。

「おまえが無関係な娘を切り刻むなら、私もやる。まだ切るべき部分は残っているぞ」

「娘は三歳だぞ！」

「わかっているとも」

「わかった——やめろ！　やめてくれ！　手術も中止だ！」

両手をふり廻す大四郎に、せつらもうなずいた。

「父親が会いたいそうだ」

「そんな気はない」

「いいだろう。おまえを連れて行くと約束したのは、私ではない」

「娘の傷はどうなる？　血止めをしなくては」

「傷口はもう縫われた。血も止まった」

「おお——神よ」

両手を組み合わせ、大四郎は、跪いた。

「キリスト教徒？」

彼は顔を上げた。

また変わったのか、と思った。そこにいるのは、彼の知っている茫洋たる美青年であった。

「娘さんの糸は解かれていない」

とせつらは言った。

「僕は行く。一緒に来てもらおう。その前に、手術台の女を解放したまえ。『四星』の医療チームだ。切断部分をくっつけるのなんて、簡単だね」

「親父になど会わん」

「そうはいかないな」

そのとき、大四郎の胸が鳴った。

携帯を耳に当て、彼はすぐに苦々しく、

「わかった」

と言って切った。

「親父になど会わん」

「会えって」

「いいや、そんな必要はない。娘の糸は断たれたそうだ。一〇〇〇分の一ミクロンとは——エイリアンの技術か？」

「はて」

「何でもいい。おまえが死んでから調べよう」

彼は右手を上げた。

せつらはよろめいた。

こめかみが血を噴いた。

〝妖術射撃〟だった。

「二度は外さんぞ」

Bマンは、狙撃銃の狙いを定めた。最初の失敗の経験はサングラスに化けていた。

「死ね」

　と大四郎は絶叫した。

「？」

　無意味な数秒が過ぎた。

「また迎えに来る」

　こう言うと、こめかみにハンカチを当てて、せつらは彼の中を通り過ぎた。

「逃がしはせんぞ、秋せつら」

　幻の大四郎は地団駄(じだんだ)を踏んで怒鳴(どな)った。

「私も〈区外〉で最高の殺人者を雇った。〈区長〉を〈メフィスト病院〉へ連れて行く前に、必ず殺してやる」

「どーも」

　せつらは通りへ出て、タクシーに手を上げた。

「どちらまで？」

「地下鉄の駅近くの『山岸(やまぎし)病院』」

　眼と鼻の先だ。普通の運転手なら、

「降りてくれ」

「近すぎるねぇ」

　で動かないものだが、こちらはたちまち、

「オッケー」

　虚(うつ)ろな声が、こんな顔の持ち主に逆らえっこないと告げていた。

　車は一分足らずの走行で停まった。確かに、

　山岸医院

の看板がある。

　梶原を治療室へ担ぎ込んだのは、たくましい男性看護師二人であった。

　髪の毛の異様に薄い男性医師は、透視装置つきの眼鏡(めがね)をかけていた。せつらを見て、

「強い麻酔にやられている。かなり危険だ。できるだけのことはしてみよう」

　と言ったきり、恍惚と見つめているばかりなので、

「よろしく」

と頭を下げて、せつらは部屋を出た。旧知の仲かもしれない。

待合室にはもう一〇人を超す新しい患者たちが集まっていた。その誰かが、大四郎の息がかかっている殺し屋でないとは限らない。

せつらを見るや、ソファや椅子にかけていた患者たちが、凍りつき、とろけ、ソファから転がり落ちた。

女性看護師が、あらまあ？　と叫んで駆け寄った。彼女が平気なのは、せつらの到着時に、見るなと医師から釘を刺されていたからだ。

「しっかりして、大山さん——繁村さん」

抱き起こされ、名前を呼ばれ、ややぞんざいな口のきき方をされているのは、隣近所の常連だろう。新参は二人。どちらも怪しい。常連も油断は禁物だ。変身、憑依の力を持つ殺し屋なら、〈新宿〉には掃いて捨てるほどいる。

せつらは東の壁にかかった古風な大時計の隣にもたれかかった。

玄関のガラス戸が開いたのは、数分後であった。

おくるみの子供を抱いた中年の女は、三和土で立ち止まった。

苦笑を浮かべた看護師が、

「三好さん、よく来たわね。さ、お上がりなさい」

優しく声をかけた。日常の光景らしい。

女は両手で赤ん坊を前に突き出した。患者たちはそっぽを向いている——せつらのせいもあるが、三好と呼ばれた女の行動には、何処かちぐはぐなものがあった。

はいはいとおくるみを受け取った看護師が横へのくと、女はぎくしゃくと靴を脱ぎ、三和土から上がって来た。

「じゃ、お子さん診てもらいましょうねえ。こっちいらっしゃい」

廊下へ続くドアが開いた。

糸に引かれるように、茫とそちらへ向かった女の足が、せつらの前で止まった。

頰がみるみる薔薇色に染まる。真っ当な反応だ。

違うのはそれからだった。

両眼が眼窩からこぼれるほど見開かれ、右手がせつらを指さした。

「こいつだ。うちの人の首を落としたのは、こいつだ」

虚ろとも呆けたとも取れる声には、しかし、悲痛この上ない響きがこもっていた。

声のトーンと大きさは急速に落ちても、それは変わらなかった。

「あんただよ……あたしと子供の見ている前で……うちの人の首を……それから……あたしは……こんなふうに……」

血の尾を引きながら舞い上がる首と、それを見つめる赤ん坊を抱いた女の記憶を、せつらがどこかに留めていたかどうかはわからない。彼は眉ひとすじ動かさず女に眼を向けていた。

「富雄——父さんの仇だよ。やっちまいな!」

女の叫びに女性看護師が悲鳴を上げた。おくるみの赤ん坊が、せつらめがけて躍りかかったのだ。その口には獣の牙が、手には猛禽の爪が光っていた。

一瞬の間を置いて二つの身体が重なり——

鮮血が噴き上がった。

第九章　政権交代

1

「繁村さん!?」

棒立ちの女性看護師が叫んだ。

せつらの近くにいた患者が、割って入ったのだ。

赤ん坊の爪と牙は彼の頸動脈を切断したのである。

「処置室へ！」

駆けつけて来た男性看護師にこう指示しながら、彼女は赤ん坊が見えない力によって患者から引き離され、床へ落ちるのをみた。

「富雄!?」

駆けつけた母親の身体もまた硬直した。

「尾行してた？」

とせつらが訊いた。後を尾けていたのか？　という意味である。

「ここで、初めて、会った、のよ」

母親はせつらを睨みつけた――つもりであったろう。だが、その眼は熱く潤み、表情は紅を湛えて恍惚に溶けている。喘ぐような声にかろうじて憎悪の名残はあるが、後は痛みの呻きに近い。

「偶然」

せつらは納得した。

「それじゃ、僕がいなくなれば後は平和だ」

それから、

「三好広之の妻」

と言った。質問でも指摘でもない。思い出した名前を口にした――それだけだ。

女の表情に驚きが広がった。

「覚えてたの？」

「何とか。三流の妖術使いだった。サイテーの男」

「どうしてよ？」

「次々に女性をレイプし、貢がせては殺してた」

「嘘よ、そんな」

「人伝てだけど、次は今の女――朋江だと言ってたそうだ。お名前は？」

答える代わりに女の顔は蒼白となり、表情は死人と化した。答えは明白だった。

「嘘よ……嘘よ」

「お子さんを怪物化させたのも、彼だ。でも、あなたも納得した」

「…………」

「ミルク代は自分で稼がせた？――それじゃ」

「ちょっと――どうするんです？」

女看護師があわてて訊いた。

「どーもこーも。子供の治療が終わったら、後は帰らせなさい。僕の連れは寝かせておいてください」

そこへ、白衣の院長らしき男がやって来て、

「何事だ。おっ、〈新宿〉一」

〈新宿〉一のいい男か、人捜し屋かはわからない。

せつらと周囲の様子を見て、

「何だい、ここで捕物か？　また派手にやったな」

床は血の海である。

「ひとり担ぎ込みました。後はよろしく」

「おお。メフィストはどうしてる？」

「この頃、弛んでます」

「おやおや。それでうちか」

「あれがいなければ、トップです」

「はは、おだてるなよ」

医師は額を叩いて喜びを表明した。

「それでは」

せつらは一礼して病院を出た。

山岸医院

とある看板に眼をやって歩き出す。

〝医院〟の下に小さく、

魔法医師

とあった。

細かく指示して、とりあえず騒ぎを収めると、山岸院長は、

「後は任(まか)せるよ」

と言って、奥の住まいに通じる廊下へと入った。

突き当たりはドアである。そこを開ければ、住まいの廊下だ。彼はドアの把手(とって)を左右へ一回ずつ廻(まわ)して開けた。

石段が地下へと通じている。

壁には照明が点(つ)いている。

下りきったところは地下室であった。床も壁も天井も冷たい石造りだ。

中央に全裸の娘がひとり、大の字になって浮かんでいた。四肢(しし)を鎖(くさり)で天井と床に固定されているのである。豊かな乳房からぬめぬめした下腹、か黒い谷間は血で染められていた。太一に映像で送られた拷問(ごうもん)はベッドで行なわれていたが、趣向が変わったらしい。

「どうした？」

女のかたわらで携帯に聞き入っていた四星大四郎が訊いた。

「出て行った。まさかとは思ったが、偶然だったらしい。しかし、油断はできんな」

山岸院長の声に含まれる緊張が、大四郎と二人の巨漢ボディガードの表情をこわばらせた。全裸の女——深雪を拉致(らち)してきたのは彼らであった。

「君と知り合いだとは思わなかった。〈新宿〉一の魔法使いと口を滑(すべ)らせたのがまずかったかと血が引いたが、偶然で済んだな」

硬い口調の大四郎へ、

「〈区外〉では怖(こわ)いものなしのプリンスかもしれんが、〈新宿〉では世間知らずのお坊ちゃま」

大四郎が渋面(じゅうめん)を作るのも構わず、

「私はあの色男の話を聞くたびに、身内が冷たくなるし、出会うごとに寿命が縮まる思いがする。あいつはどこで誰の腹から生まれたんだ？ 私に言わせれば、ドクター・メフィストより怖い存在だ。正

直、いなくなってほっとしている」

「それはそれは」

大四郎は侮蔑の視線を当てて、

「だが、あなたの術のお蔭で、娘は首を落とされずに済んだ。あいつが負傷したのは、〝妖術射撃〟のお手柄だが、私はあなたのほうに感謝を捧げるよ。しかも、〈区長〉の身柄まで置いて行ったとは」

「〝妖術射撃〟?」

「ああ、こめかみをやられていただろう? 大した怪我ではなかった。口ほどにもない射的屋だ」

「Bマンのことか?」

院長の顔色が変わった。

「Bマンがしくじった? 寝言は寝てから言え。誰が邪魔をした? メフィストか?」

答えられる者はいない。破滅を前にしたような沈黙が地下室を埋めた。誰もが予感したのである。破滅の使者が近づきつつあることを。それは美しい使者が。


「何にせよ、ここも安心の地ではなくなったようだ」

院長は宙吊りの女——深雪の方を向いた。

「とりあえず、この女を預かっている限り、太一とやらは我々の言いなりになるしかない。人捜し屋は依頼を果たせないというわけだ。まずは、当面の大問題——君の父上を何とかしたらどうだね?」

大四郎は苦渋を隠そうとはせず、思案していたが、意外と早く、

「わかった。親父を始末しよう」

うなずいた。

「よかろう。では、この娘はもう少し、私の娯楽に供してもらおうか」

「まだ殺しては困る」

「わかっとる。純粋に医者として愉しみたいところだが、目下は魔法使いとして雇われの身だ。手加減はするとも」

院長は深雪の前に立って白衣を脱いだ。

金糸銀糸を縫い合わせた絢爛たる長衣姿が現われた。表現されているのは、どれも汚怪な妖物であった。それが蠢きはじめたのは、血まみれの女体の凄惨美に魅かれたのか、それとも単に血の臭いに本性を露呈しただけか。

「いずれは報酬の一部となる女だ。じわじわと愛でてやれ。殺してはならんぞ」

こう言うと彼は女体に近づいた。

深雪が薄目を開けた。

「助けて……」

糸のような声が洩れた。

「……あたしは……ついて来た……だけよ……あの人に……口説かれ……て……こんな目に遭いたくない……お願いよ……助け……て」

「済まんな」

院長は悶える女体を抱きしめた。

すぐに離れた。院長の長衣から奇怪なものたちはひとつ残らず消えていた。

「嫌……嫌……嫌あ……」

深雪が狂気の身悶えを示した。その乳房にも首にも太腿にも怪しいものたちが貼りついていた。

異様な音が空気を震わせた。否、これは声だ。それも規則的な構造を有するつぶやきだ。

血は甘美なり。それにまみれた肉はさらに美味なれば——異界の言語でそうつぶやきながら、そいつらは深雪の乳房に爪を立てた。

「あーっ⁉」

腹に牙が食い込んだ。

紫色の舌が乳首に絡まった。

吸盤から汚液を滲ませる触手が、腋の下に吸いついた。

悶えまくる女体へ、淫らな一瞥を与えると、院長は階段の方へと歩き出した。上がる前に一同をふり返って、

「秋くんから〈区長〉のことをくれぐれもよろしくと頼まれているのでね。望みを叶えてはやれそうに

ないが、全力は尽くしてみよう」

　彼は廊下へ上がると、インターフォンで、梶原〈区長〉を担当中の医師を呼び出した。

「麻酔は抜けたか。オーケイ、後は私が診よう。第三病棟だな」

　インターフォンを切り替えて、

「私だ。聞き忘れた。春吾の担任は何と言ってた？　今年こそ合格せんと、まずいことになるぞ」

　インターフォンの向こう――妻の返事は彼の表情を曇らせた。

「第一志望はまず無理か。わかった。明日、説教してやらんとな」

　医院の行く末にそびえる壁を目のあたりにした気分で、彼は病室のドアを開けた。

〈区長〉はベッドに横たわっていた。額に貼りつけられたボタン電池ほどのデータ・バンクが、かたわらの生命維持装置へ、患者のあらゆる肉体的な情報を送信し、それに基づいた指示が送り返されているのであった。

「どう考えても、あんたが生きていて、こっちの得になりそうなことはないな。やはり、死んでもらおう」

　彼は装置に近づき、電源スイッチに人さし指を当てた。

「魔法を使う必要がないのは、少しもの足りないが」

　力を込めようとした指が、突如感覚を失った。それは第三関節部から、すっぱり切れて床へ落ちたのである。

「おや――いたのか？」

「はあ」

　もうわかる。声は天井からした。

　秋せつらは下向きに四肢をのばして貼りついているように見えた。

　ひょいと舞い下りた。音は立たなかった。

「いつからそこに？」

「あなたが入って来た瞬間」

せつらよ、院長にも巻きつけておいたのか？

「甘く見過ぎたな。いつわかった？」

「〈新宿〉一の魔法使い」

「やっぱり〈区外〉の阿呆(アホ)め」

「しゃべり続けて」

とせつらは言った。

「呪文(じゅもん)はオフリミットか。さすがだな。だが、無駄なことだ。いくら君でも隙(すき)はある。それに、私の再生法は、君の糸にも通用するが」

「医院の行く末が気にならない？」

院長の眼が限界まで見開かれた。

「息子に？」

「あなたは切ってもくっつくけど、息子は治らない」

「甘いな。指一本で治してみせるとも。このとおりな」

右手を上げた。切断された人さし指は復元していた。

「では」

せつらが、のんびりと言った。

「待――」

て、と言う前に、遠くで悲鳴が聞こえた。女の声であった。

「春吾ちゃん――その腕――なくなっちゃって――どうしたのよお？」

「痛あい」

今度は若い男――少年の声だ。

無惨(むざん)な合唱は、〈新宿〉一の魔法使いを凍結させた。

「次は首」

「わ、わかった」

ぴくりとも動けないのに、院長は気づいていた。

「治療を感謝」

と梶原を担ぎ上げ、

「一度、助けてもらった」

とせつらは穏やかに言った。次の瞬間、全身を激痛が貫き、院長は昏倒した。

「これで貸し借りなし」

過去に治療を受けた院長を見下ろす美貌の、何という美しさ、それに被さる女と若者の絶叫の何たる凄惨さ。

部屋を出るとき、眠りつづける梶原の身体が震えているのに、せつらは気がついた。

「怯えてる？」

無論、返事はない。

梶原は眠ったままだ。それなのにわかるのだ。現実の世界の怖さが。〈新宿〉の恐ろしさが。秋せつらの凄惨さが。〈魔界都市〉の住人には、安らかな眠りすら無縁なのであった。

廊下へ出ると、地下室へと続く扉の前に、深雪が立っていた。服を着ている。顔だけが虚ろだった。

せつらが歩き出すと、引かれたようについて来る。地下室で巻きつけた妖糸が「四星」の男たちを斃し、彼女を地上へと導くのを見ても、電子の幻たる大四郎には何もできなかったのである。

「二人助けて、ひとりは再起不能にした。とりあえずは勝ちかな」

ぶつぶつと洩らす言葉を解釈すれば、彼は梶原を救うべく、同時に敵方たる山岸院長を斃すべく、意図的にここを訪れたものか。深雪の救出は予定外であったものか。いや、彼と院長との因縁を考えれば、魔法使いとしての地下室での妖為も知悉していたことは充分考えられる。太一の下へ深雪の拷問シーンが送られたとき、せつらには、病院のベッドと叫んだ彼のひとことだけで、その場所が明らかだったのではあるまいか。

〈新宿〉一の魔法使いの殲滅と拉致者の治療及び幽閉者の救出は、美しいマン・サーチャーの中では、すべてひとつの計画だったのかもしれない。

2

梶原と深雪を〈メフィスト病院〉へ預け、せつらは〈高田馬場〉にあるヌーレンブルク邸へ向かった。

太一と人形娘が残っていた。大三郎は出て行ったきり戻らず、トンブは相変わらずグースカピーだという。

大三郎が出かける前に、〝妖術射撃〟について訊き出したと知って、せつらは少し首を傾げたが、

「これで敵の打つ手は一応なくなった。後は彼を兄さんの遺族に渡し、四星大四郎を父親と対面させれば、おしまいだ」

彼とは太一である。

当人も察したらしく、断固拒否の姿勢である。

「帰ってたまるか」

「兄貴の仇を討つまでは絶対に帰らない。それに――」

「それに？」

珍しくせつらが聞き咎めた。

「おれのために女がひとり死んだ。その弔いもしなくちゃならない。悪いが、まだ帰れないんだ」

「死んだ、か」

今度は太一が聞き咎めた。

「どういう意味だ？　勿体をつけるな。あの子は死んだ。そうだろう」

「ここは〈魔界都市〉だよ」

せつらの口からこの言葉を今まで何人が聞き、何人が理解したか。太一は少しかかった。

「まさか――水咲くんが……」

人形娘も、きょとんと二人を見つめている。

太一はせつらの両腕を摑んだ――つもりが、せつらは後方にいた。

「知ってるのか、彼女のいる場所を？」

「…………」

「頼む、教えてくれ。あの子と瓜二つの女におれは助けられた。生きてるなら会いたい。礼を言いたい。でなきゃ死んでも死にきれない」

「兄さんの遺族と会う。これが条件」

人形娘が、はっとしたようにせつらを見た。美しさと非情は無二の友だという詩人の言葉を思い出したのである。

冷酷非情な——否、無惨と言ってもいい二者択一を、せつらは要求しているのであった。

太一は眼を閉じ、戦いに決着をつけようとした。

やがて、

「わかった。水咲くんのところへ連れて行ってくれ」

タクシーは、〈歌舞伎町〉の一角にある目立たぬバーの前で停まった。

消えかけた蛍光看板が侘しく点っていた。

ラ・ノビア

「ここに?」

太一の問いに答えず、せつらは先に立ってドアを開けた。

青い光に満ちた店内には四人ほどの客がいた。二つのテーブル、ホステスはひとりずつだ。ポニー・テールとロングヘア。派手だが安物のドレス。

太一は固い表情で店内を見廻した。ホステスたちを凝視してもそれは変わらなかった。

頭をふった。

「店も女の子も——記憶にない」

奥の狭苦しいカウンターの向こうから、若いバーテンがこちらを眺めている。

「他に女の子はいないのか?」

太一の声には絶望が強かった。バーテンは作り笑いをして、

「ひとりいます。ママさんですがね。今日は風邪で

休み」

太一は肩を落とした。落としきる前に、せつらへ、

「また来よう」

と言った。それに合わせたようにドアが開いた。

「ママ!?」

バーテンのみならず二人のホステスも、呆気にとられたような表情をドアの前に立つ艶やかな和服姿の老嬢に向けた。

「何があったの？」

渋茶のような声である。

「いえ、何も」

とバーテンが応じた。声がふやけているのは、せつらを見たせいだ。

「アヤって子だ、知らないか？」

「そちら、どなた？」

ママが訝しげに訊き、たちまちとろけてしまった。

「いま来たばかりのお客さんなんです。前に来たとき、アヤさんがお相手したみたいで」

「あの子なら辞めましたよ。タイミングが悪かったですね。一昨日に」

一瞬、太一は脱け殻になった。

「何処へ？」

「わかりません。お店はいっぱいありますからねえ」

いつもならつっけんどんな物言いなのだろうが、今夜は媚がある。せつらによく思われたいのだ。

太一は諦めた。砂粒は砂に混じった。捜しようがない。

「どーも」

別れの挨拶をしたのは、せつらであった。

閉じたドアにもたれて、太一はこうつぶやいた。

「助けてくれたのに……助けてもらったのに……。何処行っちゃったんだ？」

せつらを睨みつけた。

「本当に、ここにいたのか？　あんた、自分の眼で確かめたのか？」

「いや」

　ここに勤めていた娘に聞いたとは、来る途中に話してある。蒸(む)し返しだ。

「だったら、こんなところへ連れて来るなよ。絶対にあんたと一緒にゃ戻らねえぞ」

「やむを得ないが、連れて行く」

　太一が殴(なぐ)りかかった。拳(こぶし)は空(くう)を切った。目標を捉(とら)えきっていない。彼は泣いていた。二発目も三発目も外れた。彼は地面へへたり込み、声を上げて泣きはじめた。

「みんな、離れてっちまった。兄貴も、恵美(えみ)も深雪も、みんな。こうなったら、『四星』の奴らも同じ目に遭わせてやる」

「しっかりね」

　せつらが声をかけると、太一はすうと立ち上がった。

「明日、兄さんの遺族と連絡を取る。顔合わせの時が決まるまでは、好きにしてくれ、と言いたいところだけど」

　せつらは何か考えているように、

「――もうひとつ、終わった気がしないんだ」

「…………」

「『四星』の会長が生きてるし、阿呆倅(あほせがれ)も健在だ。いや、それ以外にもうひとつ」

「おれの暴露か？」

　太一が重苦しそうに言った。

「それに関してのことだろうけど――何とも」

　せつらはここで切り上げ、

「しばらくはうちにいてもらおう」

　二人は「ラ・ノビア」を出て〈新宿区役所通り〉まで歩き、タクシーを拾った。

　翌日の早朝、メフィストから連絡が入った。梶原がゴネているという。

「――秋せつらと『四星グループ』はグルだ。糾弾してやると息まいているがね」

聞く者の魂まで魅入らせてしまうような声に、どこか愉しんでいるような響きを、せつらは聞き逃さなかった。

「記者会見を開くそうだ」

「一緒に来たまえ」

太一ともども駆けつけると、応接室のひとつに、肘掛け椅子にふんぞり返った梶原と、記者団が待機していた。メフィストは戸口に立って、二人を迎えた。

すでに梶原の演説は開始されていた。

「――かくの如き次第で、今回の『〈新宿〉開発計画』は、『四星グループ』の横暴と思い上がりの暴挙以外の何物でもあり得ない。私は〈区長〉として深く反省し、自らを鞭撻した上で、こう宣言する。〈新宿〉の開発発展は、我ら〈区民〉の手で、と」

シャッターが落ち、フラッシュが焚かれた。かざしたレコーダーに連動したPCを叩いて、完成原稿を仕上げる音が、あちこちで鳴り響く。

「よく言うね」

せつらの言葉に、メフィストもうなずいた。

「覚醒したときから、眼の色が変わっていた。眠りながらも憤っていたのかもしれん」

「過去の悪業の塗りつぶしの策を練っていたのさ。〈新宿〉を『四星』に売り渡したのはあいつだ」

「ふむ」

「あいつだ」

梶原がこちらを向いて、せつらを指さした。眼を閉じている。煽動された記者たちは、みるみる頰を赤く染め、事実上、まともな記者の存在は終焉を迎えた。

「あいつこそ、『四星』に魂を売り渡し、〈新宿〉を売り渡す尖兵として働いた卑劣漢である。名前は秋せつら、〈新宿〉一と称しておるが、一介の人捜し屋に過ぎん」

とどめとばかりに、前のテーブルを叩いたが、記者団の反応は皆無であった。全員、陶然と眼差しをとばしている。世にも美しい、夢幻のような顔に。

「何をしておる」

梶原はなおもテーブルを二度叩いた。ようやく、最前列の女性記者が、

「あの……〈区長〉は……ああ言っておられますが……妄想ですわね？」

「はい」

「ああ」

女性記者は昏倒した。せつらの声を聞いてしまったのだ。それは自分にだけ向けられたものなのであった。

「そうだ」

「妄想だ」

「『〈区長〉、ボケが始まる』でいくぞ」

「わしは〈区長〉だぞ。何だ、この無礼な態度は!?」

喚き散らす梶原へ、せつらが、

「僕が何をした、と？」

「おまえは四星大三郎と、わしの下を訪れ、『開発』に伴う費用の値上げに加担したではないか」

「嘘ぉ～」

せつらではない。別の女性記者の声だ。

「嘘ではない。すべて真実だ」

「証拠を見せろ」

男性記者の何人かが声を合わせた。

「見せろとは何だ、見せろとは。わしを誰だと思っておる？」

「この件に関して、個人献金、乃至、賄賂の疑惑が持ち上がっておりまっせ」

「そんなはずは絶対にない。天地神明に誓って、わしは潔白である。関西人か、おのれは？」

「タレコミがあったんですぅ」

と別の声が上がった。

「誰からだ？」

「名前は申し上げられませんが、〈区長〉のごく身近な人物です。とにかく、今回の『開発計画』で、〈区長〉と関係者には億の金が入ったとか」

「まだ入っておらん。それに億ではなく、兆だ——しまった」

口を押さえたがもう遅い——こともなかった。記者団はなおせつらに魂を奪われっ放しで——要するに、梶原も『開発計画』も、どうでもよくなっていたのである。

「うぬぬ——どいつもこいつも、わしを無視しおって。よおし、わしも爆弾発言で返礼をしてやる。そもそもこのトラブルの火種になったのは、そこにいる真城という元『四星』の社員だ。彼が自社の不正を暴き、わしの下へと連絡して来た。それを途中で封印し、恐喝の材料に使ったのが、浅井義弘という〈区役所〉の三下だ。おっと、もう退職しておる。疑惑が発覚した際、わしが英断を下した」

偉そうに胸を張る梶原へ、

「なぜ、発覚時に発表しなかったのです？」

どーでもいいけどというふうな声が訊いた。

「それは——確証を得たかったからだ」

「確証を得たから首切ったんじゃないんですか？」

「うむむ」

3

梶原は、〈区役所〉で極秘に〝滅びゆく草原〟と呼ばれている髪の生え際——のだいぶ前にハンカチを当てて、汗が流れるのを防いだ。〈新宿〉といえど金の話には追及が付きものだ。そして、斬り込みは鋭く深い。根底にあるのは、ひとりで儲けやがって、だ。

「とにかく浅井は馘首した。奴が重要な情報を横流ししていたのは間違いない。君たちね、まずそういう根本的な悪人から糾弾したまえよ」

「浅井義弘が屑だというのは取材済みです。あそこは一家もろとも腐っている。取材中に吐き気がするほどです。ですが、億、兆という金を不法に手に入れたわけではありません。我々があなたに問うているのは、ひとりでいい思いをしやがって——いえ、今度の『開発計画』に伴う莫大なる賄賂の流れです」

「それは、君、確かにそんなこともあった。わしの下にもそんな話は来た。しかし、わしは断固拒否をして——」

「さっき仰った、兆がどうしたという話と違いますけれど」

別の声である。

「だから、それは、信頼できる第三者に調査を依頼して、当否を明らかにしたいと思っておる」

「その第三者というのは、誰でしょうか？」

「わしの友人たる大吠当吉郎弁護士だ」

「友人が第三者って、どういう理屈ですか？」

「理屈ではない。世の中そういうものだ。とにかく元凶は浅井義弘という名の屑だ」

「最初は『四星グループ』とそちらのハンサムだと仰っていましたが」

「うるさい」

「で、『開発計画』をチャラになさるなら、受け取った賄賂はどうするのでしょうか？」

「賄賂など受け取っておらん。筋道の通った金である」

「では、返還するつもりはない、と？」

「だから、第三者に」

「どうなる？」

せつらはメフィストに訊いた。

「想像もつかんな」

と白い医師は溜息混じりに言ってから、

「しかし、実に人間味に溢れた記者会見だ。素晴らしい」

「それは確かに」

二人の美しい魔人の会話など聞こえるはずもな

く、ひとりで儲けやがってと問い詰められた梶原は、テーブルのペットボトルを摑み上げ、水素水を記者たちの頭上へとふり撒いた。

「不愉快だ。わしは帰る」

　憤然と席を立つと、

「情婦のところへですか？」

「ジョーフ？　気をつけて物を言え」

「失礼しました。二号です」

「うるさい」

「その妾についてですが、過日、〈区長〉がひどく太った女と手をつないでいるのを目撃されています」

　会場を出ようとしていたせつらとメフィストの足が止まった。

　電撃発表とでもいうべき発言をした記者は、右手にサービス判のプリントをふりかざし、

「当社の調べでは、この女性は〈新宿〉一の情報屋と噂の高い外谷良子なる人物であります。お付き合いは、どのようなレベルなのでありましょうか？」

「ふざけるな、その写真は偽物だ」

「赤くなってらっしゃいますが、照れ臭いのですか？」

「う、うるさい」

　別の記者が手を上げ、この件に関して外谷から裏を取ってあると言った。

「どんな裏だ？」

「将来を誓い合った仲なのだ。ウフフ、と」

　せつらが眼を閉じ、メフィストは見開いた。

「『〈新宿〉開発計画』の中止はともかく、リーダーとしてのあなたには、根本的な性癖に問題があると思います。女の趣味が奇怪過ぎる」

「余計なお世話だ、バカヤロー」

　後に〈区外〉でも、〝第二のバカヤロー解散〟といわれるひと声であった。

　妖艶な美女が、秘書の矢吹と名乗って、怒りで痙

攣する梶原に近づき、新しいペットボトルの中身を飲ませた。それが口移しだったものだから、事態は紛糾した。

「どういう仲だ？」

「これなら記事にできるぞ」

「〈区長〉は公費で愛人を秘書にしているのだな？」

「とんでもございません。ご覧のとおり、〈区長〉は激昂のあまり脳出血を起こす寸前でございました。グラスへ注いでいる余裕はございませんでした」

「だからと言ってキスはやり過ぎだろう、キスは」

「舌を絡めていたわ！」

「いませんわよ！」

　絡めた絡めないと場内が紛糾しはじめたとき、ようやく、救いの手が入った。

「真城氏に質問はないのかね？」

　会場は水を打った——どころか水中と化したかのように静まり返った。ドクター・メフィストのひと声であった。

「行きたまえ」

　白い医師の声に操られでもするみたいに、或いは見えない糸にでも引かれるみたいに、太一はふらふらとソファまで進み、梶原の隣に腰を下ろしたのである。

　その瞬間、眉間に開いた穴よりも、後頭部から噴出した大量の脳漿のほうに、記者たちは度肝を抜かれた。

　混乱と悲鳴が沸き返る前に、

「〝妖術射撃〟だ。後はよろしく」

　とせつらが身を翻し、メフィストがうなずく
——これに気づいた者はいない。


〈信濃町〉駅前にそびえる〈新・慶應病院〉の特別室で、四星大三郎は、体温を測りに来た看護師の尻を撫でたばかりであった。

「やですわ、会長さんたら」

〈メフィスト病院〉と並ぶ〈魔界都市〉きっての大病院だから、看護師も慣れたもので、血管と老人斑が浮き出た手の甲を軽く抓って、

「悪さしてると、淫霊が寄って来ますわよ」

「それは、取り憑かれてみたいものだな」

「『四星』の会長さんが入院というので、びっくりしましたけれど、やっぱり〈区外〉の方ですのね。〈新宿〉の怖さをご存じないんだわ」

「いいや、よおく心得ておるよ」

と、またものばした手に、今度は鋭い痛みが走った。

「うおっ⁉」

と引き戻してみると、甲には二つの歯型が残り、みるみる血玉が盛り上がってきた。素早くティシューで押さえながら、

「これは驚いた。どういう仕組みだね？」

「〈新宿〉の女は、あちこちに〈ガード〉を描いてありますのよ」

「〈ガード〉？　描いてある？」

「生物ペイントで肌に直接〈ガード〉の絵を描き、呪術で生命を与えてもらうんです。私のヒップの〈ガード〉は牙が生えてるんですわよ」

「いや、大したもんだ。そんな技術があるとは知らなんだ。君、何処へ行けばやってもらえるんだね？」

「病院の地下にもありますわ」

色っぽい看護師は、尻をふりふり出て行った。

昼まで間があるせいか、まだ淡い陽光が、それでも部屋を充分に明るく染めている。

「昨夜、手は打った。今日はその確認といくか」

意味ありげにつぶやいた顔のすぐ前に、世界でいちばん見覚えのある男が立っていた。

「何しに来た？　わしと会うつもりなんかないはずだぞ」

俄に不機嫌になった父親へ、四星大四郎は無表情に、

「今も会いたくなんかありませんが、言うべきことは言っておかないと――そろそろ、帰ってもらえませんか、会長？」

　と切り出した。

「断わる」

「どうして？」

「この街が気に入ってしもうた。いや、こんなに面白く、不気味で、生き生きとしたところだとは思わなかった。〈区外〉の何処にこんな場所がある？」

　大四郎は呆気にとられているようであった。彼もこんなに生気に溢れた父の顔を見るのは久しぶりだったのである。「四星グループ」の三代目会長の座に納まってから三年――その精力的な活動は、グループの活動範囲をさらに広げ、彼でなくてはビジネスが成立しない外国一流企業の数もなお多いが、下手に触れれば手が斬れるどころか爆砕しかねぬほどの、気迫に満ちていた四〇年の社長時代に比べれば、年の半分は都内の豪邸で過ごす父の姿に、老いを見るのはたやすかった。

　ここにいるのは偽者ではないか。

　そんな思いを息子の何から読み取ったものか、大三郎は柔軟体操の要領で上体を左右にのばしつつ、

「わしよりおまえはどうするつもりだ？　『四星グループ』は総力を挙げて『〈新宿〉開発計画』に取りかかっていた。今さら、買収に失敗しましたでは済まんぞ」

「退陣ですか？　辞表なら、『四星』に就職したときから懐に入っていますよ。ですが、父さんはどういうお心算りなんです？」

「オココロもヘチマも、わしは真っ当な商売をやりたいだけだ」

「勘弁してください」

　大四郎は頭を左右にふって、今の言葉を洗い流そうと努めた。それから、皺深い顔を正面から睨んで、

「ここには我々しかおりません。監視カメラも無効

にしてあります。一応親子でもある。腹を割って話しましょう。父さん――真っ当な値段で〈新宿〉を買い上げて、どうしようとお考えなんです？　お願いですから、観光都市として甦らせるだの、カジノ・シティにするなんて腑抜けたことを言わないでください」

若いとはいえ、さすが「四星グループ」の准総帥と唸るような追及ぶりである。大三郎はバツが悪そうに頭を掻き、椅子から立ち上がって、シャドウ・ワルツを踊りはじめた。

「あの」

「ベースにする」

「は？」

たったひとことが、これほど人間の形相を凄まじくするものか。驚愕のあまり、大四郎の全身に無数の電磁線が走って、彼を青白い影絵に変えた。

復元したとき、電子の像は電子の汗粒をしたたらせていた。

「〈新宿〉を軍事基地に？」

「そうだ。他の誰も思いつくはずのない名案だろうが？」

褒め言葉でも期待しているような父親を、死人の眼差しで見つめ、

「父さん……正気ですか？」

と大四郎は、干からびた唇を舐めた。

「ああ。生まれてこの方、これほど正気だったことはないな」

「〈新宿〉に――都会のど真ん中に、軍事基地を造る。どこの国の？」

「さすがにまだ決まっておらんよ。正当な買収が成功したら、即プレゼンにかけようと思っとる」

「アメリカ……ロシア……イギリスに中国、いいや韓国や北朝鮮だって、この街に核ミサイルを運び込めるなら、いくらだって出す。いいや、基地としての〈新宿〉の恐ろしいのはそこじゃない。ここでは、〈区外〉のいかなる軍事大国も防ぎようのない

兵器が、いくらでも生産できる」

「生産する必要はない」

大三郎は、戦慄と恐怖の人像と化した息子に、何かをぶつけるような仕草をした。

「〝X国〈新宿基地〉〟の最大の利点は、兵器の製造コストがゼロに等しいことだ。〈亀裂〉から噴き出す瘴気、そこから生まれる無気力化ガス、昼ですら姿を見ることのできる邪霊、妖霊、そして、常に薄闇に潜む食人鬼や殺人狂、何よりも地の底で蠢き、呪文による出現を待ちわびる、我々には想像もつかぬ魔性ども。わかるか大四郎、彼らを生み出すのに一円もかからんのだ。アメリカの軍事予算のどれくらいが、兵器の購入に割かれていると思う？　また、それを製造する費用の額は？　この街にいれば、眠っていても最強の兵器が自然に生み出される。そして、永久に補給の途絶えることはない。唯一の問題は、彼らをコントロールする手段だが、これは何とかなる。人材も豊富な街だ」


大三郎は自分の言葉に酔いでもしたかのように、右手でリズムを取りながら、特別室内を歩きはじめた。

十畳を超すスペースに来客用の椅子とテーブル、ベッドが置かれ、PCもついている。障子一枚隔てた六畳間は付き添い用の和室で、後はバストイレとキッチンが付属する。

「たとえ攻撃を受けたとて、在来の兵器など、〈新宿〉の魔が簡単に無効にしてしまうだろうし、なに、念には念をということならば、〈区外〉にひとつ、敵対国の基地を誘致すれば済むぞ。敵国は自国の基地を攻撃できない」

本気なのだ。「四星グループ」の総帥は本気で〈新宿〉を他国に売り渡し、軍事基地化をめざそうとしているのだ。

大四郎は、小さく、この人は……とつぶやいた。

「反対か、我が息子よ？」

皮肉っぽく訊ねる父親へ、彼は、

「反対です」

と言った。

「ほお」

「私はこの国のいかなる場所にも、いかなる理由をもってしても、他国の基地の存在を認めるつもりはありません。したがって、〈新宿〉はこの国の軍事基地(ベース)となるべきです」

第十章　さらば愛しき者よ

1

「何を言い出すんだ、おまえは？」

大三郎は鬼の顔になった。

「〈新宿〉を日本の基地にする？　どこからそんな――」

「もともとこの街は、国内にありながら、完全な国土ではありません。それは、ここから〈区外〉へ運ばれる特産品に、一種の関税が課せられていることからも明らかです。自治の大綱は憲法と政府に準じますが、他の地方自治体に比べれば、遥かに自由裁量の権限を与えられていると言ってもいい。私はこの数年、政府に対していつ独立宣言を発するか楽しみにしていました」

大三郎は呆然と息子を眺めていた。こんなことを考えていたのか、という眼であった。

だがその光の意味は驚きではなかった。それは声に表われた。

「この街に、この国の軍事基地を造れというわけか。よく思いついたものだ」

「お褒めいただけますか？」

「愚か者め。よくも血も涙もないことを」

「は？」

「この国の守りは外国に任せておけ。それこそが国是だ。〈区外〉には米軍が駐留しておる。だから、どの国も手を出せん。米国とどこやらが開戦したらこの国も巻き込まれる？　最強の国に喧嘩を売る莫迦が何処にいる。米軍がいる限りこの国は安泰だ。その代わり金を出す。金で買おうと平和は平和だ。他国の傘の中にいて平和が守れるなら何が悪い？だが、おまえは我が国に核兵器以上のものがあるのを承知で、〈新宿〉を自国の基地にしようという。それこそが過去の二の舞い、破滅への道だ。このちっぽけな国は激しい戦いよりも退屈な平和が、飽食よりも貧しさが似合う孤島なのだ。厄介なことは他国に任せておけ。アメリカ軍基地への特別給付金は、〈新宿〉の自己生産兵器で全て賄える。願ったり叶ったりとはこのことだ」

「しかし、それでは国家の最高の機密を他国に自由に持って行ってくれというようなものですが」

「わかってる。いいか、〈新宿〉も〈区外〉も、この街の魔性を完全にコントロールすることは不可能だ。恐らくは永久にな。我々はコントロールし得る存在のうち、最も強力なものを米軍との条約に従って独占する。米軍が我が国の平和と安全に関して不都合な行動を取れば、いつでも〈新宿〉最強の魔性がこの基地の彼らに襲いかかる。否、米本土へも飛来するだろう。こう条文に組み込んでおけばよい。いや、秘密裡にそれらを成育しておけば済む」

「ビジネスとしてお考えください。〈新宿〉の特産品に、何故、魔性たちが含まれていないかを？　害をなさぬアクセサリー的な妖物なら許可されていますが、数としては、微々たるものです。そして、それらさえ、国外への輸出、持ち出しは厳禁です。理由は麻薬等と同等と認められる——それだけです。つまり、この国の愚かなモラルが邪魔をしているに過ぎません。ですが、〈新宿〉を基地とすれば、彼らは兵器となる。現在の三原則は、武器の輸出入を基本的に認めています。その都度、禁止する場合の内容や、厳格な審査を要求する内容になっています。〈新宿〉の妖物を防衛兵器と見なし、審査さえ通過させれば、米国には一〇〇パーセント輸出ができる。後はアメリカがライセンス生産を行ない——これは、表向きに過ぎませんが——自国の兵器として各国に売り払う。我が国には莫大なリベートが入るではありませんか、会長」

　胸を張る大四郎の後頭部から拳が生えた。大三郎が猛烈なストレートを顔面へ叩き込んだのである。

「ご不満ですか？」

　その顔から右手を抜き、

「この売国奴めが。我が国の兵器を外国で売買するつもりか」

「しかし、ここを基地に提供しても、事態は同じことですよ」

「いいや、外国を利用するのと、我が国が売りつけるのとは根本的に異なる。わしが絶対に許さんぞ」

大三郎はここでひと息入れ、

「わしはこれから会社へ戻り、あらためて『〈新宿〉開発計画』を練るつもりだ。おまえからは、経営権及び一切の付随権利を剥奪する」

「困った人だ」

電子像の息子は溜息をついた。何となく似ているのは親子だ。

「私も緊急重役会議を開いて、あなたの退陣を要求します。『開発計画』をその手で頓挫させたというだけで、動議は可決されるでしょう」

「そうはさせません」

「止めてみますか？　私の実体は〈歌舞伎町〉の『グランベル・ホテル』にいます。届きませんぞ」

「ならば、これがその距離を縮めてくれるぞ」

大三郎は右手をズボンのポケットに入れていた。外からは何も入っていないように見える。そこから何かを抜き出して、彼は息子に投げつけた。

草餅そっくりのそれは、色も濃緑、両端から銀色の触手――というよりアンテナ状の突起が突き出ている。

大四郎に触れるや、それは彼の全身に青い電磁波を走らせた。父に劣らぬ野心家の息子の虚像は、頭部から消えはじめた。

「どうだ、大四郎――今日、〈花園神社〉の香具師から買い求めた品でな。電磁波を食らう虫だ。注目すべきは、その本体まで食らうという点だな。おまえの首は――まだついているか？」

大四郎の右手が苦しげに胸のあたりに消え、現われたときは拳銃を握っていた。

かすかな音が空間を渡り、大四郎は消滅した。

体温計を忘れた女看護師が戻って来たのはその一分後であった。

忘れ物を捜す前に、彼女は床の鮮血に気づいて立ちすくんだ。

窓が開いた。さっき見たときは、固くロックされていた窓であった。

そこから侵入して来た黒いコート姿を見ただけで、彼女は恐怖も驚きも忘却した。

「患者さんはどうしました?」

「わかりません」

虚ろに答えた。

「私が来た時はもう。でも床に血の痕が……」

「親子でねえ」

と若者は言った。

「では、父親を追おう――失礼しました」

若者はそのまま後退し、仰向けの形で窓から落ちて行った。看護師は追わなかった。止めもしなかった。あんな美しい男が、死ぬはずがないと確信したからだった。

歩き出すとすぐ、正門の右方にある花屋の前に立つ大三郎が見えた。上衣の右肩に弾痕はあるが、出血はない。

「窓を見上げたら、それは美しい侵入者が見えたのでな。ところで息子は始末した。もう捜さんでくれ。必要経費は請求してくれたまえ。〈新宿〉もこれで安泰だ」

頭上でヘリの爆音が聞こえた。

「ほう、『スカイ・マップ』の取材か」

空中から〈新宿〉を探るというTV番組に使われるヘリである。タレントと、カメラマンが乗る。

「訊いてもいいですか?」

「何なりと」

「なぜ息子さんを?」

「見解の相違だね。あいつは〈新宿〉ばかりか、この国全体を外国に売りとばすつもりだったのだ。早めに気づいてよかったわい」

　胸を張る大三郎へ、

「あまり変わらないと思いますが。米軍基地でもこの国の基地でも」

　大三郎の表情が歪(ゆが)んだ。

「何故知ってる？　聞いてたのか？」

　トンブ・ヌーレンブルク邸を出たのは、自分と腰に巻かれた一〇〇〇分の一ミクロンの糸だったと、老人は気づいていなかった。

「全部」

　とせつらは応じて、次はどんな買収手段を？　とつけ加えた。

「ふむ。やはり〈新宿〉だ。信じられん人間がおるわい」

「どーも」

「ところで元うちの社員だった真城は——今回の元凶(げんきょう)だが、あれは今、君と一緒か？」

「はあ」

「何処にいる？」

「内緒」

「何故だね？」

「殺すつもりだな」

「そんな真似(まね)はせん。すべては片づいた。わしはまた忙しくなるかな」

「基地用地の買収」

「はっきり言う男だな。しかし、その美しさに免じて何でも許そう」

「真城さんは射(う)たれました。状況からして〝妖術射撃〟」

「ほお。それは確か彼のボディガードではなかったかね？」

「買収された」

　せつらは、じっと老人を見つめた。

　眼をそむけっ放しだった老人にとっても、これは無視の限界を超えていた。気配を感じただけで胸が熱くなってくる。美しさへの思慕というのがあるのなら、これだ。

「僕は二度射たれた。どちらも白い医師のお蔭で助かった。Ｂマンは初回のときはもう買収されていた。それはあなたが〈新宿〉へ来る前だ。お金を出したのは息子さんだろう。だが、二発目はかすっただけだ。恐らく射つ寸前に邪魔が入ったのでなければ、一度目の失敗から別のところを狙ったはずだ。その時刻、あなたは外出していた。人形娘にＢマンのことを根掘り葉掘り訊いた上で」

珍しいせつらの長口上を、大三郎は身じろぎもせず聞いていたが、彼がひと息つくと、

「よくできた」

とうなずいた。

「だが満足とはいかんな。わしは昨日今日とこの街を歩き、様々なものを目のあたりにしてきた。こんな小さな街に、これほどの宝が眠っていたとはな。君の推理はＢマンの射撃より確かだ。そのとおり。わしが入って行ったとき、奴は君への一発を送り込むところだった。わしは〈高田馬場駅〉前の立ち売りから購入したペーパー・ガンとやらで彼を射ち殺した。銃身に君の写真が貼ってあったのでな」

「なぜ、真城くんを？」

「生かしておいても、正直さしたる害はない男だ。だが、敵対者はいかなる虫ケラでもつぶしておかねばならん。組織を作るとはそういうことだよ」

「はあ」

「参考になったかね？」

大三郎は笑いかけた。慈愛深い父が出来のいい息子を見るような眼差しであった。

せつらは答えない。

「わしがなぜ、Ｂマンを殺したと思うかね？　この街を自由にするには、君やドクター・メフィストのような人間が必要と思ったからだ。いいや、君たち二人でいい。君にも自覚があるはずだ。自分こそ〈新宿〉そのものだとな」

「………」

「わしは君を斬り込み隊長に任じようと思っておった。だが、今はそれで納めるつもりはない。君は、わしに乗って〈新宿〉の支配者になれ。君ならやれる。ドクター・メフィストと組んでもいい。両雄並び立たずというのなら、彼を始末したまえ。『四星グループ』が全力を挙げて支援する」

「虫ケラのように？」

　大三郎は大笑しながらせつらの肩を叩いた。通りかかった患者か付き添いが、妙な顔を向け、たちまち恍惚となる。ちらと陽が翳った。絹糸のようなすじが、人々の足を止めはじめ、

「そうとも、我が『四星』が誇る〈魔界都市〉の支配者よ」

「僕ではなれんな」

　雨は霧と化していた。その中で、せつらの姿は影法師のようにくすんだ。大三郎は眉を寄せ、

「そんなことはない。君でなくてはなれん」

　と言ってから、気がついた。

「――君は……」

　せつらを見た。

「まさか……君は……いや、おまえは……秋くんではないな？」

　彼は後じさった。

　霧雨よ、隠せ。この若者を人の眼から隠せ。彼はもう異人なのだから。

「私と会ってしまったな」

　と霧の中のものは言った。返す言葉は大三郎にない。

「今、おまえの娘が死んだ」

「な」

「今、孫娘が死んだ」

「な、なに？」

「じきに、『四星』の全重役が死ぬ」

「ま、待て――待ってくれ」

　眼の前の影が、嘘をついているのではないと、大

三郎にはわかっていた。

「わしは――おまえと会っていない。勘違いだ、忘れてくれ」

「私がつけた傷は〈区外〉の医学では治せない。それは〈新宿〉でも同じだ」

「……殺す気か？」

「おまえには、まだ用がある。私ではない男がな」

「……倅のことか？　あれは――死んだ」

「わからん」

「なに？」

「この街には〝生〟は〝死〟と等しく、〝死〟は〝生〟に似る――そう口にできる医者がいるのでな」

「まさか――蘇生させ得る、と……」

「殺害に使用した生物は〈新宿〉産だ」

メフィストなら、扱い慣れているという意味か。

「じきに来る」

こう言って背を向けたとき、大三郎は彼が元に戻ったことを知った。

地べたにへたり込んだ。病院へ向かう人々が妙な視線を当てていく。ようやく彼は全身が震えているのに気がついた。

「〈新宿〉か……もうひとりだったか……だが……あれは……〈新宿〉さえ超えている……。わしは……とんでもない……分不相応なことに……首を突っ込んでしまったのかも……しれん……」

2

〈メフィスト病院〉で、深雪は重大なミスに気がついた。

〈淀橋市場〉の廃墟近くのタイ料理屋から四星大四郎に拉致されたとき、財布とカードが詰まったバッグを放置しっ放しだったのである。

そう思い至ると、いても立ってもいられなくなる。

幸い、拷問で負った傷は入院後三〇分で治癒していた。これが〈新宿〉かと、深雪自身が驚いたほどである。ところが、院長の指示らしく、外へ出ようとすると、看護師が駆けつけ、いけませんと止められてしまう。

完全看護だわと感心したものの、これでは取りに行けない。事情を話して、と思ったとき、変身した患者がホールの真ん中で狂乱するという事態が生じた。

得体の知れぬ妖物と化した老人が、次々に患者たちを爪と牙にかける間に、深雪は病院を脱出し、タクシーを拾った。

昼すぎの廃墟は霧雨に濡れていた。

バッグはすぐ見つかった。

戻ろうとふり返ると、二つの影が立っていた。

ごつい骨格装甲――前に出たひとりは、右眼に黒い眼帯をつけていた。

〝戦争屋〟――酒抜十四郎であった。

棒立ちになる深雪へ、

「まだ馘首されたわけじゃねえんでな。何度かここを覗いたが、お留守のようだった。この辺をうろついてたのさ。このバッグを見つけたときに、帰って来ると思ったぜ。他の仕事で何人もやられちまったが、おれたちは無事だ。さあ、今度こそ一緒に来な」

深雪は出て行くときに、〝迷路〟を仕掛け忘れたのだ。

鋼鉄の足音が、モーター音と入り混じりつつ近づいて来た。

いきなり、その頭部が陥没した。

酒抜を一撃した棍棒は、大きなカーブを描いてもう一台の胸部に激突、これを弾きとばした。

「御里霧中」

深雪は、よろめく二体の背後にひょいと躍り出た、小柄だが頑丈そうな人影に、投げキッスを送った。

「また、出て来たか、北京原人――おまえ向きの準備はしてあるぜ」

　酒抜の背後が歪んだ。バリアーを張ったのだ。

「笑わせるな」

　御里は酒抜へ棍棒を投げた。それは呆気なく撥ね返され、地面に食い込んだ。

「一応は効くなあ」

　にやりと笑った御里の首を黒い光が断った。

　宙にとんだ首は、深雪の足下に落ちてごろりと転がった。

「あ……あ……」

　呆然と息を引く女へ、原人に似た顔がウインクを送って、

「大丈夫――任しときな」

　と言った。

「今度は片がついた。〈区外〉の〝戦争屋〟の実力がわかったか？」

　酒抜が、ガシャガシャとやって来る。ブーメランを思わせる飛翔刀はその手に戻っていた。


「嫌よ、あっち行け！」

　全身を震わせて叫んだ。

　その声に、鋭い衝撃音が重なった。ヘルメットで守られた〝戦争屋〟の頭部は血と脳漿の霧と化したのである。

　ぽかんと口を開いて、深雪は前進する装甲から身を避けた。

　装甲の背後に、棍棒を投擲した姿勢を保つ首なしの胴体が見えた。

　足下の首を見た。

　それは、任しとけと言ったのだ。

　不意に涙が溢れた。このご近所さんだけは、最後まで彼女を守ってくれたのだ。

「ありがとう」

　どちらに言うべきか迷ったが、両方に伝えた。

　廃墟の出口へ歩き出した。抜けるところでふり返った。

　首は笑っているようだった。胴体は倒れている。

涙を拭ってて深雪は歩き出した。太一のことを考えてみた。一緒に生きていけるならいちばんいいが、ひとりきりでも何とかいけるような気がした。


『グランベル・ホテル』は〈魔震〉でもさしたる被害を蒙らなかった幸運児であった。

何処かで見た人物がスイートルームに入ったときも、スタッフは平然と迎えた。

二〇分ほど前、コーヒーを運んだウエイトレスが真っ青な顔でフロントへ現われ、

「お客さまの……首が」

と言ったときも、係は悠々と、

「大丈夫だ。いま連絡が入った。気にしないでくれとのことだ」

「――でも……」

「君は確か〈区外〉採用だったな。研修にあっただろ？　首のないお客や人間以外の形をしたお客が来ても、襲われない限りは驚くな、と。それ用の武器も渡されているはずだぞ」

ウエイトレスは沈黙した。

首のない男は、真っ赤に染まったベッドの上に横たわっていた。

首はない。

開くはずのない窓が開いて、世にも美しい人捜し屋が入って来たときも身じろぎもしなかった。

「死んだ？」

とせつらは訊いた。

首なしのスーツ姿は起き上がり、両手を組み合わせた。

切り口の上に青白い光が入り乱れ、すぐに四星大四郎の顔になった。

「とりあえずだが、コミュニケーションは取れそうだ。何でも訊いてくれ」

「父上が待っている。来てくれ」

「気が進まないな。悪い未来も待っている」

その身体が、ぴしりと硬直した。

「わかった、任せるよ」

大四郎は溜息をついた。

二人は尋常なルートで外へ出た。

「ストップ」

せつらが制止した。四方八方へ、張り巡らせた〝監視糸〟が、危険な存在を伝えたのである。この糸が自ら動くと〝探り糸〟になる。

二人の前方五メートルほどの空間に、小さな点が浮いている。ただの虫かゴミか程度のものだが、せつらは別の判断を下した。

「〝虫食い穴〟だ」

言うなり、その身体が、大四郎もろとも左へとんだ。

間一髪、それまでいた位置に巨大な穴が生じて、閉じた。

人工的に生じさせた異次元への入口だ。どんな次元か知らないが、呑まれて出て来た者はいない。

せつらはホテルの壁に沿って上昇した。

止まって、上がる。壁に二メートルもある穴が生じた。

せつらは刻々と移動し、そのたびにビルは穴を生み、二人が屋上へ立ったときは、〝虫食い穴〟に飾られたホテルは、穴と穴を亀裂でつなぎ、垂直に崩れ落ちた。

「凄まじいものだな」

大四郎がこう洩らしたのは空中でだ。

「罪なことをする。何人死んだと思う？　私の見立てではざっと三〇〇人」

大四郎の声には笑いが含まれていた。

「蘇生者も三〇〇人」

それこそ眼と鼻の先に、〈メフィスト病院〉がある。

「親父かね？」

「多分」

「しかし、どうやって？」

「黙って待っている間に、殺し屋を雇った」

「おい、そんなに簡単に?」

「できる。五〇〇円玉一枚が生命の値段だ。最近はもっと下がってる」

「大した街だ」

と電子の顔が眼を丸くした。

「すると――まだ」

その身体が宙に舞った。

凄まじい勢いで〈新宿区役所通り〉を渡ったところで、天が曇(くも)った。

おびただしい数の黒鳥が襲いかかって来たのである。鴉(からす)に似て〈区外〉の鴉より遥(はる)かに鋭い嘴(くちばし)と爪とを備えた〈新宿鴉〉であった。これが一〇〇羽もいれば、ジュラ紀の恐竜たちは生存できなかったと言われている。

空中に黒血の球(たま)が生じた。

二人へ襲いかかった鳥たちが、ことごとく首を失い、両断され、血と内臓をばら撒(ま)いたのである。それが球状に見えるのは、殺戮(さつりく)が一瞬のうちに行なわれたからだ。

恐怖に駆(か)られた第二波が反転し、あらためて襲いかかったとき、二人の獲物の姿は忽然(こつぜん)と消滅していた。

着地点は、バッティング・センター近くの路上だった。

「鳥は――どうした?」

大四郎が鳩尾(みぞおち)のあたりを押さえながら訊いた。

「逃げのびた」

「少し地上を歩きたいのだが」

「乗り物に弱い」

とせつらは指摘した。

「オッケ」

その美しい横顔へ、ちらと眼を走らせ、

「何かあったのか?」

と訊いたのは、四星家の実業家としての血か。

「切れた」

「――切られたのか?」

勿論(もちろん)、せつらの場合は、糸を意味する。一〇〇〇分の一ミクロン——不可視どころか、もはや物質とさえ言えぬ妖糸(ようし)は、断つ気になれば、何人もの切断者がいるだろう。だが、それがせつらと敵対するとなれば話は別だ。よくよくの条件をつけても応じる者はまずあるまい。

どうやら、いたらしい。

大三郎は周囲へ眼を走らせながら、

「よくわからんが、あんたの奥の手を封じた奴は、親父に買収されたんだ。ひょっとして、さっきの空間のホールも、黒い鳥どもも、武器としてもトップレベルじゃないのか？」

「当たり」

「金で引き受ける連中ばかりでもあるまい？」

「当たり」

「なら、親父が口説(くど)いたんだ。〈区外〉の人間でも、〈新宿〉で幅を利(き)かすことができるんだな」

「『四星』の交渉術ねえ」

せつらも少しは感心したようだ。

そのとき、地面が揺れた。

二人がいるのは、バッティング・センターのほぼ後方五〇メートルほどの路上で、貸しビルや小さなホテル、カラオケ店などが軒(のき)を並べていたが、みるみる地中へ陥没していく様は、特撮映画のひとこまを思わせた。

「〝寝起きのオオナマズ〟だ。地底生物が暴れてる。見たものはいないけど」

「のんびり言うな」

大四郎は膝をついていた。破片がとんで来た。倒壊したビルの一部だ。

「上昇」

せつらの声を大四郎が聞いたのは、五〇メートルもの高みであった。

陥落倒壊の地獄絵図にせつらがいささかの驚きも感じていないふうなのが、大四郎を慄然(りつぜん)とさせた。

——こいつ、美しけりゃいいと思っているのか⁉

だが、せつらの飛翔に気がついたのか、地上の大破壊はすぐに熄(や)んだ。

「何人やられた？」

「三〇〇〇人」

　とせつらは答えた。何気ない問いに何気なく答えたかのように、のんびりと美しく。

3

「三界(さんがい)に家なしか」

　大四郎は眼を閉じてしみじみとつぶやいた。

　せつらは黙念(もくねん)と前方を見つめていたが、

「来たな」

　と言った。

　同じ方へ眼をやって、大四郎は、あっ!?　と放った。

　頭上が赤く染まっている。血の色だ。地上からどよめきが上がって来た。彼らも気づいたのだ。

「雲か」

　大四郎の呻(うめ)きに、せつらは、

「〝血の雲〟だ」

　と言った。

「これを喚(よ)び出すのはベスト級の妖術師だ。逃げる」

「何処へ？」

「地上」

　大四郎は悲鳴を噴(ふ)き上げた。止まっていた身体がいきなり落下したのである。

　大地に激突する寸前、彼は失神した。

　気がつくと、廃墟の中にいた。

　出来たてだ。瓦礫(がれき)のあちこちに死体が横たわっている。陥没した貸しビルの内部に、せつらは隠れ家(かくが)を求めたのだ。

「どうなってるんだ？」

　訊いた途端に、悲鳴が出かけて止まった。世界が白く変わる――それほどの痛みが全身に食い込んだ

のだ。

「しっ」

と、かたわらのせつらが唇に人さし指を当てたのはその後だ。

聞き慣れた音が周囲に広がった。雨だ。赤い雨だ。土砂降りに近い。

離れた亀裂からも吹き込んで来た。みるみる水溜まりが広がる。

「勘づかれたかな」

せつらは、さして緊張も感じられぬ声で言った。

彼は水溜まりを見ていた。

その視界の中で、丸い——人間の頭部のようなものが持ち上がったのである。それが、肩、腰、下半身と立ち姿を構成したとき、大四郎はようやく、それが血まみれの自分だということに気がついた。

「あれは？」

声は出た。眼を剝く大四郎へ、

「眼を閉じて」

次の瞬間、赤い立像は頭部を失った。

同時に、首なしの死体へ、大四郎の首も四散したのである。

「無事だろ？」

とせつらは呼びかけた。

うなずいたのは、青白い電子線が交差する塊であったが、すぐ大四郎の頭部と化した。すでに彼の首は失われているのである。

「君は？」

電子の顔が訝しげに訊いた。

せつらは顎をしゃくった。

首のない大四郎のかたわらに、いませつらとわかる立像が形成されつつあった。

先に首あたりが出来、やや遅れて顔が——つぶれた。眉ひとすじ、髪の毛一本構成する前に、水にもどったのである。

「やっぱりなあ」

心底からこうつぶやき、大四郎は納得した。

「出る」

せつらは立ち上がった。外へ出ると、赤い雲は消えていた。

遠くでパトカーのサイレンが鳴った。近づいて来るかどうかはわからない。

せつらは大四郎を待たせて、電話を一本かけた。

「はい、ぶう」

タクシーを拾うと、せつらは即座に、〈早稲田ゲート〉と告げた。

「そこを親父が？」

「渡る」

「だが、〈ゲート〉は三つある」

「勘」

「私より実業家向きかもしれんな」

大四郎は座席の背に身をもたせかけた。

「なあ――私と親父は、この街に軍事基地を建てようと思ってる」

「へえ」

「親父は外国の、私はこの国の基地にしたいんだ。どう思う？」

「できやしない」

「親父の交渉術の威力はわかったはずだ」

「個人にはできるが、この街には無理」

「街と交渉しなくてはならないのか？」

「それも知らずに来た？」

せつらの口調からは、これまでの奇怪な戦いが、夢まぼろしとしか思えなかった。

「軍事基地でも、飛行場でも、港でも造ったらいい。いいか悪いか決めるのは〈新宿〉だ」

「『四星』はそんなに甘くないぞ」

「〈新宿〉は酸(す)いも悪いも嚙(か)み分けている」

「酸いも甘いもだ」

大四郎は笑いを嚙みつぶした。

「それはどーも」

こう言って、せつらは携帯を取り出した。バイブレーションが呼んだのである。

　耳に当ててすぐ、

「おや」

　と言った。

「了解」

　と応じて切った。

「親父か？」

「いえ。〈区長〉」

「何かやらかしたのかね？」

「やらかされたらしい」

「は？」

「記者会見の後、〈区長〉は〈区役所〉に戻った。少し前に父上が訪問した」

　大四郎の背に冷たいものが伝わった。それは背骨の中で鉄となり、彼を硬直させた。

「〈区長〉のところへ？　もう用は済んだはずだ」

　せつらは静かにつぶやいた。

「『四星』との契約は破棄したが、父上との契約はまだだ」

　鉄が爆発した。

「親父が勝手に——個人的な契約を——〈区長〉はOKしたのか⁉」

　せつらが小さくうなずくのを見て、大四郎の胸を絶望が食んだ。

「『特産物輸出協会』の会長も『〈歌舞伎町〉繁栄グループ』の代表もだ」

「なんて爺さんだ……」

　大四郎は呻いた。初めて知る父の実力は、「四星」の代表を悠々とこなしているとの自負を、足下から崩壊させるものであった。

「すると……うちが狙っていた土地は、親父個人のものか？　あいつめ……〈新宿〉の支配者になるつもりか？……」

　問いではなかった。だから返事はない。代わりに、

「〈区長〉は父上が帰ってから、事態の重大さに気

がついたらしい。他の二人とも連絡を取って、もう一度話し合いたいそうだ」

「親父が呑むものか」

「捜してくれと言って来た」

「――本気か？」

「君と会わせてから、〈区長〉の下に連れて行く。ひと粒で二度おいしい」

「君はビジネスマン向きだぞ」

「どーも」

「そろそろ着きます」

　と運転手が声をかけた。

　前方に〈ゲート〉が見えている。一〇〇メートルほどだ。

　運転手はタクシーを停(と)めた。

「悪いけどここで降りてください」

「どうして？　貴様(きさま)プロだろう」

　大四郎の怒りを、運転手は道理で撥ね返した。

「生命(いのち)が大切でね。それに、この先とんでもねえことが待ってそうだ。さ、降りてくれ」

　そのかたわらを猛スピードで、奇妙な乗り物が走り過ぎた。バイクというより小型のスクーターだ。座席(シート)がひどく小さく、ハンドルが大きい。

「親父だ！」

　大四郎が叫んだ瞬間、ドライバーは硬直し、スクーターから転がり落ちた。地面にぶつかる寸前に直立し、そっと着地したのは、見えざる糸ではなく、操(あやつ)る者の手練(しゅれん)であった。

「支払いはお任せ」

　せつらは外へ出た。

　ぎこちなく直立した大三郎が苦笑を浮かべている。

「息子さんをお連れしました」

「ご苦労――これで契約は正式に解除する」

「〈区長〉他二名に会ってもらいます」

「ほお、奴ら、怖くなったか」

「彼らも〈新宿〉を知らない」

世にも美しい若者は、午後の光の中で妖しくかがやいた。

「右往左往する必要などないけれど、依頼は受けた」

「わしに時間を与えたのが間違いだ。その間に色んな人間と知り合い、この街とも仲良くなったよ。わし個人の所有となるのは、何とか認めてもらえそうだ」

せつらは何も言わなかった。

「だから、こんなこともできるぞ」

大三郎の身体が光沢を放った。身を捻ると彼は糸の呪縛から逃れていた。

「ふう」

と額から顔を丸ごと拭う。汗だ。全身から噴き出る汗が、糸を滑らせたのだ。

「自分も改造したか」

「そういうことだ」

と一〇メートル以上離れて返したのは、聴覚も人並みを外れたらしい。恐らく五感全てが超人のレベルまで高められているのだ。

大三郎は乗って来たスクーターもどきを指さして、自慢げに胸を張った。

「これも、わしがスクラップを集めて二〇分で組み立てた品だ。いや、この街は素晴らしい。基地など取りやめだ。わしはここを『四星グループ』の全てを投入して、新たな人類を創造する一大実験場にするつもりだ」

憑かれたとしか思えぬ狂的な宣言であった。感動的ですらある。

せつらがうすく笑ったことに大三郎は気づかなかった。

「余計なことを」

と美しき人捜し屋は言った。

「じきに当否が決まる。一緒に来たまえ」

言葉も改まって見つめる美貌から、さすがに眼をそらして、

「ほお、大したものだ。こうなったわしでも、我を忘れそうだ。成程(なるほど)、わしの会った全員が、〈新宿〉の代表として挙げただけはある。だが、新しい代表にはわしがなる。君には消えてもらおう。じき、もうひとり――ドクター・メフィストも後を追う」

「それはそれは」

　春風のような返事は、死闘の宣言だ。だが、主武器ともいうべき妖糸を無効とされた彼に、打つ手はあるのか？

　大三郎が走り寄って来た。

　その口が開き、何かが噴出した。

　せつらの前方に光る壁が出現し、中心から内側へとたわんだ。

　チタン鋼の壁に撥ね返されたエネルギーは、〈ゲート管理事務所〉を直撃し、丸ごと崩壊させた。

「罰(ばち)が当たるぞ」

　とせつら。

「糸は残っているかね？　わしの力はまだ充分だ」

彼はせつらを見据(す)えたまま前へ出た。

「父さん、やめろ！」

　大四郎も前へ出た。

「うるさい倅だ。いずれ邪魔になる」

　大三郎が目を細めた。

　その瞳の中で、

「倅？　私は四星大四郎だ。見ず知らずの男に、倅呼ばわりは迷惑だ」

　大四郎がとんでもないことを口走った。

「何をぬかすか、愚息め」

　と言ったのは当然だ。しかし、

「父は去年亡くなっている」

　大三郎の顔が驚愕(きょうがく)に歪んだ。

「おまえ――記憶を変えられて――」

　せつらが首をふった。

「いいや、現実を」

　大三郎の唇が尖(とが)った。

　息子の頭部は消滅した。

せつらの方へ向き直った身体が、急に動きを止めた。

「お？　これは何事だ？　待て、わしは四星大三郎だぞ。『四星グループ』の——」

喚き立てる間にその身体が透きとおっていくのを、せつらは見つめていた。

消えた。いなくなった。

「罰が当たった」

何も起こらなかったというせつらの口調であった。

「あれ？　あの老人はどうした？」

大四郎の頭部はまたも電子的復元を遂げていた。

「…………」

「やはり……手を出すべきじゃなかったんだ。人間が〈魔界都市〉をどうこうしようなんて、おこがましい話だったんだ」

意志の力も失ってその場にへたり込んだ大四郎へ、

「お疲れさま」

と秋せつらは報いた。

大四郎はぼんやりとせつらを見て、おかしなことを口にした。

「待ってくれ。私はここで何をしている？　——そうだ、内緒で観光に来たんだ。そして、帰る途中だった」

せつらはうなずいた。

「四星グループ」の総帥は去年病没し、〈新宿〉を覗きに来た後継者は、いま去ろうとしている。

のろのろと立ち上がる姿は、〈新宿〉の驚異に打ちのめされた〈区外〉の人間のひとりに過ぎなかった。

「帰る。これで帰る。さようなら」

誰への挨拶だったのか。

いつの間にか出来た人垣を押しのけるように進んで見えなくなった。

翌日、〈区長〉は「四星グループ」の「〈新宿〉開発計画」の完全消滅と、現社長の退陣とを告げた。

同じ頃、せつらは〈メフィスト病院〉の一室を訪ね、ベッドの患者に、

「よくやった」

と、ちっともそうは思っていない口調で告げた。

患者はせつらの方を見ないようにしながら、

「——巻き込んじまった。水咲くん、すまない」

患者には付き添いの女がいた。彼女がそっと席を立って廊下へ出るとすぐ、せつらが現われた。

「ずっと、ついてる?」

訊かれて、女性はうなずいた。

「あの人の胸の中にいるのはあたしじゃないけど、今はあたしが必要だと思うのよね」

せつらの口元に、本当の微笑が浮かんだ。歩き去る前にこう言った。

「よろしく」

その晩、雨が降った。〈歌舞伎町〉にある小さなバーで、痩せぎすのホステスが、外のネオンをちりばめた窓を見つめていた。一度、何も知らずにやって来て、何も知らずに出て行った昔馴染みのことを、彼女は考えていた。

彼女が二人のボディガードを彼のために雇ったことも知らずに去った男は、今何処で何をしているのだろうか。

「変わってなかったわね。私とはまるで逆」

そうつぶやいたとき、客が入って来た。

ひどく酔っている。

胸の中のものをきれいに忘れ去って、彼女は立ち上がった。

〈注〉本書は月刊『小説ＮＯＮ』誌（祥伝社発行）二〇一六年三月号から七月号まで、「愁魔」と題し掲載された作品に、著者が刊行に際し、加筆、修正したものです。

編集部

あとがき

本編のタイトルを見るたびに、しみじみとした感慨にふける今日この頃である。

「こんなはずじゃなかった」

連載時のタイトルは、ご存じのとおり、

「愁魔」

である。読んで字のごとく、

愁いに満ちた魔物

を描くのがテーマであった。

それが書いているうちに変わってきた。狙いは同じなのに、登場人物の性格に対する微妙な味つけが少し狂いはじめた。いつの間にか、「〈新宿〉改造計画」のほうに興味が移ってしまい、「愁」が薄くなってしまったのだ。

それでも、最初に狙った情趣はあちこちに仄かに香っている。ひっそりと味わっていただきたい。

なお、「〈新宿〉改造計画」については、以後の作品でも姿形を変えて登場することを、ここに予告しておく。

読者のみなさん、いいアイディアがあったら教えてくださいな。新しい〈魔界都市〉の建設に参加してみませんか？

私ももう年配だし、世間体を気にする必要もなくなったので、はっきり書いておくが、作中に登場する、えげつない〈区役所〉課長Aにはモデルがいる。

私は作家になる前、K社の『YL』という雑誌のライターをしていたが、一度だけこの男の担当記事を手伝ったことがある。

記事になり、原稿料が振り込まれた日に、こいつは私のところへやって来て、こう言ったのである。

「おまえ、本来はおれの担当じゃないのに使ってやったんだ。出せよ」

出せよ?

「はあ?」

と言ったのを覚えている。

「全部はいい。半分だな」

要するに、原稿料からリベートを出せと言っているのである。私も色々な編集者に会ったが、これほど露骨で性質の悪い男に会ったのははじめてであった。この会社の編集というのは、大概が「おれはK社」のプラカードを首から下げているが、このAくらいえげつないのは珍しいだろう。

勿論、断わったが、その後、さんざん嫌な日に遭わされたものである。ま、長い人生、思いがけない場所で思いがけない目に遭うということですな。

二〇一六年七月某日
「ダークシティ」(一九九八)を観ながら。

菊地秀行

ノン・ノベル百字書評

キリトリ線

なぜ本書をお買いになりましたか（新聞、雑誌名を記入するか、あるいは○をつけてください）

- □（　　　　）の広告を見て
- □（　　　　）の書評を見て
- □ 知人のすすめで
- □ タイトルに惹かれて
- □ カバーがよかったから
- □ 内容が面白そうだから
- □ 好きな作家だから
- □ 好きな分野の本だから

いつもどんな本を好んで読まれますか（あてはまるものに○をつけてください）

●**小説**　推理　伝奇　アクション　官能　冒険　ユーモア　時代・歴史　恋愛　ホラー　その他（具体的に　　　　）

●**小説以外**　エッセイ　手記　実用書　評伝　ビジネス書　歴史読物　ルポ　その他（具体的に　　　　）

その他この本についてご意見がありましたらお書きください

最近、印象に残った本をお書きください		ノン・ノベルで読みたい作家をお書きください	

1カ月に何冊本を読みますか	冊	1カ月に本代をいくら使いますか	円	よく読む雑誌は何ですか	

住所					
氏名		職業		年齢	

あなたにお願い

この本をお読みになって、どんな感想をお持ちでしょうか。

この「百字書評」とアンケートを私までいただけたらありがたく存じます。個人名を識別できない形で処理したうえで、今後の企画の参考にさせていただくほか、作者に提供することがあります。

あなたの「百字書評」は新聞・雑誌などを通じて紹介させていただくことがあります。その場合はお礼として、特製図書カードを差しあげます。

前ページの原稿用紙（コピーしたものでも構いません）に書評をお書きのうえ、このページを切り取り、左記へお送りください。祥伝社ホームページからも書き込めます。

〒一〇一－八七〇一
東京都千代田区神田神保町三－三
祥伝社
NON NOVEL編集長　日浦晶仁
☎〇三（三二六五）二〇八〇
http://www.shodensha.co.jp/bookreview/

「ノン・ノベル」創刊にあたって

「ノン・ブック」が生まれてから二年一カ月、ここに姉妹シリーズ「ノン・ノベル」を世に問います。

「ノン・ブック」は既成の価値に"否定(ノン)"を発し、人間の明日をささえる新しい喜びを模索するノンフィクションのシリーズです。

「ノン・ノベル」もまた、小説(フィクション)を通して、新しい価値を探っていきたい。小説の"おもしろさ"とは、世の動きにつれてつねに変化し、新しく発見されてゆくものだと思います。

わが「ノン・ノベル」は、この新しい"おもしろさ"発見の営みに全力を傾けます。

ぜひ、あなたのご感想、ご批判をお寄せください。

昭和四十八年一月十五日

NON・NOVEL編集部

NON・NOVEL —1030

魔界都市(まかいとし)ブルース　〈新宿(しんじゅく)〉怪造記(かいぞうき)

平成28年9月20日　初版第1刷発行

著　者　菊地秀行(きくちひでゆき)

発行者　辻　浩明

発行所　祥伝社(しょうでんしゃ)

〒101-8701

東京都千代田区神田神保町 3-3

☎03(3265)2081(販売部)

☎03(3265)2080(編集部)

☎03(3265)3622(業務部)

印　刷　萩原印刷

製　本　ナショナル製本

ISBN978-4-396-21030-4　C0293

Printed in Japan

祥伝社のホームページ・http://www.shodensha.co.jp/